确认过眼神，遇见爱的人

QUEREN GUO YANSHEN
YUJIAN AI DE REN

梁欢欢 著

远方出版社

图书在版编目（CIP）数据

确认过眼神，遇见爱的人 / 梁欢欢著. —— 呼和浩特：远方出版社，2021.1
ISBN 978-7-5555-1420-6

Ⅰ.①确… Ⅱ.①梁… Ⅲ.①言情小说—中国—当代 Ⅳ.① I247.5

中国版本图书馆 CIP 数据核字 (2020) 第 207001 号

确认过眼神，遇见爱的人
QUEREN GUO YANSHEN YUJIAN AI DE REN

著　者	梁欢欢
责任编辑	云高娃
责任校对	云高娃
封面设计	鸿儒文轩
出版发行	远方出版社
社　址	呼和浩特市乌兰察布东路 666 号　邮编 010010
电　话	（0471）2236473 总编室　2236460 发行部
经　销	新华书店
印　刷	三河市华东印刷有限公司
开　本	155mm×225mm　1/16
字　数	151 千
印　张	13
版　次	2021 年 1 月第 1 版
印　次	2021 年 6 月第 1 次印刷
标准书号	ISBN 978-7-5555-1420-6
定　价	38.00 元

如发现印装质量问题，请与出版社联系调换

1

北京的冬天很冷，冷到让人误以为闯进了冰箱急冻那格，瞬间让鲜肉变成硬邦邦的死肉般，所以，出去一定要穿上大衣、雪靴，围上围巾，戴上口罩、帽子、手套。

北京的交通很堵，地铁基本是挤上去就很难下来。周安然选择坐公车，公车候车时间比较长，下车后还要走一段时间才能回到住的地方。房子是通过中介租的，小小的一个房子，房租被中介炒成一千二。她从来不说那个地方是家，也不是宿舍。家是什么？家是温暖的，至少有爱的人、有热的饭才算一个家，可是那里，全都没有。

等车的时候感觉时间特别漫长，今天她加班，下班时已经很晚，但很明显，北京的公交从来都不会没人。迎风而立的时候，她看见一个穿着大衣的男人走进站台，周安然不自觉地捂了捂裸露在冷空气中早已冻僵的鼻子，警惕地往后退了退，退到一个阴影下。她没有戴口罩的习惯，因为只要戴上口罩，一呼一吸间总会将眼镜蒙上一层灰似的雾气，她讨厌这种看不清的感觉。

好不容易K1来了，她正准备迈步，却不巧，那男人抢先一步，她只好让他先上。公交车投币一元，刷卡两毛，但那男人在口袋摸索半天没找到一张一元的，又不甘心就此下车，站在他后面的周安然被他挡着，既不能刷卡，又不能越过他往后面走，也不知哪里来的勇气，她探出头去，"那个，用我的卡吧！"

不得不解释一下，北京的公交十分不人性化，一个人一张卡，刷了一次之后要隔好几分钟才能刷第二次，不过周安然并不急着下车，所以等一下她还是可以刷上卡的。

那男人看了她一眼，拿出一张名片递过去，"上面有我号码，有事可以联系我。"

周安然接过卡片，看都没看塞进大衣口袋里，"举手之劳，别放在心上。"

最后，那男人说了声谢谢，坐到最后一排。周安然则继续等着刷卡，所以坐在第一排。

安然回到住处已经八点多，一打开门看见杜一在厨房炒菜，侧脸苍白得让人毛骨悚然，不由一惊，"你脸怎么了？"她想杜一不会是出了意外，但惦记着她，依然固执地回来煮饭给她吃，这种类似的鬼故事不止一次盘旋在她脑海，此刻更是十分自然而然地蹦了出来。

杜一转头看了她一眼，"是我连续拍了几晚通宵的戏，再不敷点面膜，脸就要干透啦。"

基本上杜一这个人每天都有戏拍，可以几天几夜不睡觉，像打了鸡血一样。他是一个敬业的配角，心中有一个永不磨灭的梦，就是哪天可以当上主角。他相信他可以，因为他一直以周星星做榜样，而周安然也相信他可以，是因为她相信自己的眼光。

平时他是不会出现在这里的，但一个月总有那么两三天会在这里，他说这里让他体验到工薪阶层的辛苦，除此之外，他从来没说要接周安然出去住或关于将来的那些话。

作为一个二线演员，天天有戏拍，再不济也比周安然好很多。他除了抽烟厉害一点，还真没其他缺点，甚至在娱乐圈里没有半点绯闻。这倒不是说他不帅或没钱，而是对付那些倒贴上来的女孩子，他总有一套方法打退对方。有一次周安然问他怎么做到的，杜一十分认真地说："我没有忘记那个最冷的冬天，一整个冬天都没戏拍，而我口袋只剩下十块钱的时候，是谁收留了我，给我饭吃，安慰我熬过这个冬天就好。"然后他抬起头，真诚地看着周安然，"做人不能没本心，如果那时不是有你的鼓励，我想我已经退出这个圈子，随便找份工作，日出而作，日落而归，然后结婚生子，平淡地过一生。"

周安然知道杜一本质不坏，可是，谁又能保证以后呢？更讨厌的是，杜一始终没提及"名分"二字，她就像空气一样，始终围绕在他身边，却又被他视而不见。

总的来说，他的生活过得有声有色，哪像她这么死板，无数个日夜一直重复着与昨日相同的轨迹。

同居的魅苏打扮得花枝招展地出来，一边喷着香水一边说："安然，你男朋友真好啊，我是不是在哪里见过他？例如某个新书发布会现场鹤立鸡群的那个人？"说完朝安然眨了眨眼睛。

与魅苏一起住的丽丽跟在后头，"我说魅苏，人家都是有主的人了，你就别打主意了。"

魅苏回头对着她嫣然一笑，"没有推不倒的墙，只有不努力的小三。"然后转头，"不过安然，我对他可是没半点兴趣哦，一想到他跟你一起什么什么，我就半点胃口都没有。"

众人一头黑线。

魅苏与丽丽一同出去吃饭，整个房子只剩下周安然与杜一。

安然打开电脑,她今天实在太累,只想上网浏览一下网页或看一部电影轻松一下,反正杜一在,等一会儿就有饭吃。电脑一开,自动登上QQ,表姐问:"在吗?"

安然发了个问号。

表姐说:"给你发张图。"

安然说:"男的女的?"

表姐说:"废话,当然是男的。"

安然说:"不要了吧?"

表姐说:"你那么紧张干什么?"

安然说:"我没紧张啊。"

她看到了,感觉在哪里见过,往下拉的时候忍不住扑哧一声笑了出来,还没来得及打字,杜一的声音从背后响起,"一个人在傻笑什么?"害得她手一抖,关了表姐的窗口。

表姐的头像在右下角跳跃,安然问杜一:"饭好了吗?"一边点开看,让她知道是谁干的,打到他连他妈也不认得。

安然潜了。

2

周末的早晨却下起雨来,看来漫长的冬天终于要过去了,周安然拿起墙角立了很久的雨伞,撑开它的时候灰尘落在鼻尖,穿着昨天那件黑色羽绒服走在寒冷的街头。因为是周末,路上行人稀少,公交车上就更不用说了,没有几个人。

才上车没多久,昨天晚上没带零钱的那个男人也跟着上来,周安然多了个心眼儿,见他朝自己颔首,出于礼貌也回以微笑。

她是去图书馆的,但她并不急于下车,她想等那男人先下车,好确定他不是在跟踪自己。

眼看快到图书馆,那男人也没下车的意思,周安然几乎已经肯定他是在跟踪自己。到了图书馆那站,她好不容易沉住气,强迫自己冷静下来,同时她努力安慰自己:也许真的这么巧,自己不是名人又不是明星,哪有人会跟踪自己啊!反正去图书馆这种地方,改天有空再去也是一样的。

图书馆站到了,那男人抢先一步下车,周安然犹豫了一下,也跟着下车。

男人冒雨走在前面,她撑着伞走在后面,抬眼看见他宽阔的肩膀,挺直的腰身,修长的腿,安然心想,他应该有一米八吧。

雨下个不停,她自带干粮,准备在图书馆安静地度过一天。可是在她吃午餐的时候,有两个穿着校服的女生坐在她对面,坐下来将手中的书一放,开始低声说话,胖一点的那个说:"你有没有看杜一参演那部电视剧?昨天晚上播出了,听说下周有个宣传,他也会出席,你说我穿什么衣服去见他?"

瘦一点的那个说:"见他?他可未必想见你!所以,你穿不穿衣服根本不是个问题。"

"去死。"胖女生说,"人家大明星,剧里那么露骨,还愁看不到啊?"说这话时,她的脸上明显浮现一片不正常的红色。

安然咬着面包,不好意思地说:"其实杜一不喜欢胸大的女人。"据杜一说,胸大的女人总觉得是去医院做出来的,远不及平胸诱人。眼前这位小女生发育得似乎有点过分。

对面那两个人不到一分钟从周安然的视线里消失,安然继续吃她的面包,喝她的牛奶。

不到两分钟,又有两个女生坐下来。这两个女生看起来要比刚刚那两个成熟很多,长发的那个说:"我跟男朋友分手了,反而觉得轻松,没有负担,再也不用担心回去没煮饭而被黑脸,也不用向他报告行踪,恢复单身的感觉简直好到不得了。"

短发那个问:"为什么分手?"

"还记得前一阵子我一直加班吗?我自己都在公司泡方便面,哪管得上他的伙食啊!他倒不肯了,说什么中午在公司就一直吃快餐,也不知道那个油是不是地沟油之类的,说吃多了不健康,他不想晚上还要上馆子吃饭。我没办法,于是中午下班便到对面超市买好菜,一到晚上就往家跑,就是让他下班回家能吃上热菜热饭。有一次,我加班到深夜,下起大雨来,公交是不用指望了,就连地铁都停工,我手上连一把伞都没有,打电话叫他开车来接我。说真的,他开车过来不到二十分钟,但他居然说,都这么晚了,干脆在公司过一晚,明天上班也不会迟到。我瞬间崩溃,原来之前我所做的饭菜都喂猪了。"

安然说:"猪长膘了还可以卖点钱。"没良心的男人一直有。很多感情不是你付出了多少,就能得到回报。很明显,对面这个女人太在乎,才会觉得不平衡。很多时候,男人其实是孩子,他们饿了、困了,首先想到的是自己,而你的人生,还是得靠自己。

第二次，她对面的两个人在一分钟内离开。突然，她听见旁边有人笑了出来，侧头看过去，是一个长发的美少女，此刻正看着她，还好是她，若换了魅苏与丽丽，她们估计觉得丢死人了。视线一转，安然看见美少女对面的那个人，咦，这个不是跟自己坐同一辆车过来的男人吗？嗯，他低着头，抿唇专心看书的样子，还挺好看的。视线落在他身后的落地玻璃窗，外面的雨一直下，似乎没有停下来的意思，不过没关系，她不是带了伞嘛。

傍晚的时候，图书馆快关门了，周安然收拾好书本准备回去，走到门口发现那把千年不用今天好不容易临幸的雨伞不知什么时候不见了，她问柜台："请问，看到有人拿了放在桶里的那把黑色长伞吗？"伞不漂亮，也不值钱，可是关键时候它就这样招呼都不打消失了。

看着漫天的雨扑面而来，安然退后两步，然后拿出电话，拨通了杜一的电话，"如果我没记错，今天你应该没戏。"在不确定的情况下，安然一般说得很委婉。

杜一不答反问："有事？"

"也不是什么特别的事，如果你有空，可以到图书馆接我吗？我的伞不见了。"最后那句说得很小声。

"我正在跟剧里的人研究剧本，你打车回去吧。"

"好，我打车回去。"

挂了电话，周安然陷入从没有过的沉默。他们之间，太多独立空间，连偶尔想起来的依恋也显得那么名不正，言不顺。

他没有付出，只是想起来的时候会过来等她下班。她也没有名分，她甚至不知道自己除了偶尔躺在他身边，有那么一瞬间感到自己是他的女人外，其余时间到底是不是他的女朋友。或许，女朋友与女性朋友始终是有一段距离的。

3

那个与她一起来的男人送完女朋友又折回来，然后站在门口仰着头若有所思地看着灰蒙蒙的天，眼看霓虹灯就要亮起来，再不走图书馆就真的要关门了。怎么说昨晚坐车替他刷了卡，也算对他有恩，于是周安然硬着头皮上前。当然，她可以发誓，在上去之前其实有想过冒雨冲出去，再让旁人英雄救美，这结果会不会太美？但她一向不做没把握的事，于是她腼腆地搭讪："嗨，在等人？"

对方的腰身直了直，"嗯，我在等你。"

周安然愣了一下。

"如果我没记错，你跟我应该是同一路车回去的。"

他要不要这么细心。

事实证明，他的确是在等她。与他并肩走到车站的时候，周安然发现他的脚步很慢，似乎在迁就她。他很高，撑着一把大黑伞，与一个及肩的女子并排走似乎有点奇怪，握着雨伞的手刚劲有力，手指关节十分明显，说不上优美，但有一股吸引人的魅力。伞是向她这边倾斜的，以至于走到车站的时候安然发现他半个身体都被雨水淋湿了，她十分不好意思地笑了笑，下一秒公交车来了，他们一同上车。事后安然在想，还好她是安然，要不然真以为对方对她有意思呢。

回到住的地方后，安然第一时间把他的卡片翻出来，上面写着三个字：洛子琰。没有公司名，没有落款，只有姓名与电话，好神秘的卡片啊！他递卡片的目的真的只是用来交朋友的吗？或者可以解释为，知道他的人不需要了解他的职业，不知道的就算写得再详细也不懂？

晚上，安然一如既往地与表姐在网上聊天。

安然说："你说一个人会陪你，但是没有生活在一起，你有事他不能第一时间赶到你身边，或者你有事不会第一个告诉他，但两人之间的关系又亲密无间，可以将这段感情定义为什么？"

表姐说："首先，我不太明白你说的亲密无间是什么。"

安然说："早点睡吧，时间不早了，明天还要上班呢。"

表姐说："喂，你不能这么不负责啊！撩起我的好奇心，然后叫我去睡？你信不信我现在过去找你？"

安然说："表姐，未婚但偶尔同居这事，你怎么看？"

表姐说："这么说你是偶尔同居？天啊，害我到现在还替你物色对象，瞒得我好苦啊。"

安然无语。

与表姐谈话时歪楼是再正常不过的。其实安然一直都很纠结，与杜一在一起已经三年，不长不短，女人最好的青春都在这三年里，如果再这么耗下去，不用猜是分手。女人容易年老色衰，而男人却越活越有味道，想想真的有几分后怕。

然后她问："我今年几岁了？"

表姐说："你自己几岁都不知道，问我？"

安然说："好像二十四岁了。"

表姐说："比我小一岁，所以我是姐。"

4

　　第二天中午，母亲大人开着她的宝马过来找她吃午饭。一坐下，周妈妈就拿着菜单猛翻，翻到最后一页还没敲定。这辈子除了与周安然的爸爸离婚比较爽快外，其他大小事周妈妈都十分磨叽。

　　周安然抚额，"妈，我只有四十分钟。"

　　"我怀你的时候一点儿都不着急，现在只是叫你陪我吃个午饭……"

　　这是哪儿跟哪儿啊，安然乖巧地赔笑，"可是待会儿上班迟到就不好了。"

　　周妈妈不理她，伸手抚了下她的脸，"看你瘦得只剩一巴掌了，叫你不要搬出去住，你就是不听，家里至少有人煮饭给你吃。是妈妈不好，当初离开你爸爸的时候应该把你带走的。"

　　她不说安然也知道，当初他们离婚的时候不是爸一定要把安然带在身边，是妈妈有私心，还以为离了婚让周爸一个人带着孩子过，体会到她当初的艰辛或看在孩子的分儿上浪子回头，复婚什么的也不是不可能，结果当然没如妈妈所愿。那时爸爸事业有成，一表人才，转头就找了个肯嫁给他的女人。那时安然十六岁，她找了个借口搬到学校住。就这样，一家三口从此各奔东西。每次说起这事，妈妈就后悔不已，现在女儿跟她的感情也不像别的母女一样好，她们甚至没有一起逛街、看电影，最多吃个午饭，连晚饭都没。

每次听到妈妈带着愧疚的语气说出这句话时，安然就惭愧不已，毕竟自己在她肚子里待了十个月，又是她不分日夜把自己带大，现在对妈妈这么冷漠实在不该，于是安然说道："其实你可以周末找我，一整天都可以。"

这回轮到周妈妈叹气，"周末林旭要上兴趣班。"

安然可没忘记这个同母异父的弟弟。正因为那时年过四十的母亲冒着生命危险生下林旭，为林家续了香火，才有了今时今日这个要风得风，要雨得雨的地位，要不然，再婚的女人嫁入豪门哪有这么风光啊！

可是安然心里却想，林家跟她有一毛钱关系啊！

这时表姐发来一条信息："有报道指出女人的身体机能在二十五岁开始走下坡路，结婚生子最好赶在三十岁以前，一旦错过，将失去勇气与信心，令女人不再相信爱情与婚姻。其实我也这么认为。"简直荒谬。

安然觉得结婚生子都是人生大事，哪能在三十岁前说结就结，说生子就生子？如果一定要赶在这个时间前去做这些事，那未免有点儿太被动了。

一抬头，看见母亲大人盯着她满意地笑，然后不知道怎么就聊到女人的终身大事上去，周妈妈始终是心疼她的，"孩子啊，你都二十四了，有男朋友了吗？"

不知为什么，安然首先想起的是杜一，但随即笑笑，"正常来说，二十四岁才读研吧？"

"学校也不反对结婚后再读研啊。"

"始终会分心的。"关键是她也没读研啊！她无奈地朝窗外看了看，正好看到一个高大的身影走过，心想，呵，原来他也在这边上班啊!"

"我二十四岁那会儿,你都会走路了。"

"嗯,那你希望自己在六十岁的时候做奶奶吗?"自己的数学虽然不好,但同母异父的弟弟今年六岁,没错吧?

"现在的职业女性三十岁都不着急,你还年轻,再等两年也行。"

在回公司的路上,安然心想,原来自己可以忍受杜一不冷不热的态度是有原因的,爸妈离婚并没有给她带来多大的伤害,只是让她对婚姻与爱情彻底失去了信心,所以杜一待她如何,她都能以平常心去面对。

表姐说三十岁后不再相信爱情与婚姻,或许,她是个例外。

晚上回到住的地方,魅苏与丽丽已经洗完澡。她们三个是在同一家公司工作。公司楼下是员工集体食堂,好多公司都订这家食堂的饭菜。有时那些来出差的异地同事为了节省时间,也会在食堂里将就。

魅苏、丽丽见安然回来,一同靠过来。魅苏阴阳怪气地说:"安然啊,你中午出去吃饭真是太可惜了,如果没去,就能看到超级无敌大帅哥。"

丽丽点头,"是啊,身材可真好,比你那个杜一还要帅上三分。一想到明天可能见到他,上班这么枯燥的事也变得十分有趣了。"

魅苏冷笑,"关键是要让帅哥看上你,才觉得人生有意义吧?"

丽丽不想跟她吵,"他好像是来出差的,要不然怎么平时没见过他啊?"

安然随手从茶几拿起一本杂志翻开，"也有可能是别的公司的新同事啊，这栋大楼又不是只有我们几家公司。"

魅苏兴奋起来，"那我可要去看看衣柜里的衣服够不够穿了。"

丽丽小声说了一句："你那些衣服是拿来脱的还是穿的？"

安然皱眉，"又要上演三国吗？"

魅苏与丽丽一同道："乖，有主的就不要参与了哈。"说完相视一笑，各忙各的，都在准备明天穿什么衣服配什么手袋，喷哪支香水，完全没空再理安然。

安然表示很无辜，从头到尾她都只是听她们在讲，到头来她反而变成加入混战抢男人的女人了。

放在身边的手机响起，表姐说："表姨今天找你吃饭了？"

安然说："你好像什么都知道。"

表姐说："表姨叫我劝劝你，说你都一把年纪了，该好好找个男人，用心去处处了。"

安然知道她肯定有下文，于是耐心等着。

果然不到一分钟，表姐说："然后我好像一不小心将你同居的事说了出去。"

安然说："麦叮叮，我再也不想理你了。"

然后麦叮叮十分无辜地在安然的黑名单里躺了一个星期。

还好母亲大人的电话没有追来，安然偷偷松了一口气。

魅苏手上各拿一套衣服出来，"你说粉色好还是白色？"

安然看了一眼，"白色吧，白色像白雪公主。"

那边的丽丽听到说："可是我已经决定穿白色了。"

安然抚额，"撞色而已，又不是撞衫。"

5

午饭时间，如果不是安然的关系，估计她们也不用在排队的时候伸长脖子往前看了。

魅苏说："前面发生什么事了？"

丽丽说："好像搞签名活动之类的。"

她们一致认为如果没有前面那些围观的人，以她俩今天的穿着打扮，再不济也会引来旁观，现在倒好，没有一个人朝她们行注目礼。

她们怪安然，"都是你，下班了还发什么邮件！"

周安然小声说："总公司那边急着要。"

虽然周安然个子不高，但看过去的角度正好，刚好看见被围观的那个人朝她看来，她一怔，这不是前天以及大前天都见过的那个男人吗？好巧啊。那男人似乎也看到她，朝她颔首，算是打了个招呼。

然后魅苏回头，"安然，他认识你？"

安然左右看了下，不敢确定地问："他好像跟我打招呼了。"

丽丽在后面推了她一下，"废话，难不成是跟我？"

魅苏已经往前走了一大步，"说吧，什么时候勾搭上的？"

安然声音很小地说："我是有主的人。"

丽丽说："有主是不应该勾三搭四的。"

虽然魅苏十分赞同丽丽的说话，但她仍然不放心，"可是他明明是朝你点头的啊。"

"也许他认错人了。"

"我觉得你坦白从宽比较好。"有了共同的敌人，魅苏与丽丽明显是一伙儿的。

安然无奈，"真不是你们想的那样。"

"我们想的怎样？"魅苏与丽丽异口同声地道。

关于洛子琰，周安然除了知道他的名字与电话外，对他一无所知。面对魅苏与丽丽的不相信，她差点儿将与洛子琰相遇再相遇的事情全盘托出，反正也不是什么不见得光的事。但对于隐私，她有她的原则，因为这样告诉魅苏她们，她们一定会追问洛子琰的联系方式，而事情会往不可控制的方向发展。于是她决定，关于洛子琰，保持沉默。

洛子琰这边，除了一出现造成不必要的拥堵外，也没什么不好，第一人长得帅养眼，第二告诉那些长得不帅的，什么叫举手投足间的魅力。

回到公司第一天上班，与他一起大学毕业的曾伟大吃一惊，"海归就到这种地方上班？"

"这种地方有什么不好？"

洛子琰一向低调，从不坐家里的豪车上下班，更没人知道这公司其实是他父亲集团旗下的一个分公司，他来这里肯定是因为某种原因或出于某种理由。

"我们新来的领导不会是你吧？"

洛子琰一笑，拍拍他的肩膀，"你想太多了。"

"可是由不得我不多想啊，大哥。如果是真的，以后你可要照看着我啊。"

"我连独立的房间都没有,怎么可能是你的上司?"

"可是你一向为人低调啊,再说,没有阶级观念,与民同乐,才是你一贯的作风嘛。"

洛子琰拍拍他的肩膀,"好好工作。"

他听到微信有加为好友的声音,点开一看,一个陌生的号,看到对方的名字,他嘴角一歪,无声地笑起来,知道他国内电话的人不多,加他微信号的更是少之又少,而"周安然"三个字又是那么闪亮发光。

他很早以前就知道她在这里上班,那时他还在国外。回国两年了,但他一直不敢接近她,因为他没把握。

他们是邻居,他比她大三岁,小学的时候同一个学校,平时她的父母没空接她,他负责把她带回家。

她饿了、累了、伤了、跌了、受到委屈了,第一时间找他。

还记得有一天,她突然羞涩地告诉他:"哥哥,我告诉你一个秘密,你不能告诉别人哦。"

他答应后,她才说:"我喜欢上隔壁班的一个男孩,他是少先队队长,长得好帅哦,成绩又好,好担心自己的成绩跟不上他,不能跟他一起升读。"

他说:"那你努力学习,这样就能跟他一起升读了。"

小小的她搂着他的脖子开心地道:"还是哥哥最好。"

天知道,他并不想做她的哥哥。

十二岁那年,他出国。十九岁那年,他知道她父母离异的消息,觉得她一定很伤心难过,但他没法第一时间飞回来看她。

同日,他得知她失踪的消息,他比谁都担心她。于是他打越洋电话回来，通知家里的司机去湖边的大树下找她，因为只有他知道，她不开心就会一个人躲起来。

司机与周妈妈一同在湖边的石榴树下找到她。这是她与他之间唯一的秘密，从此，她觉得哥哥也不可靠，因为她认为哥哥出卖了她。

事实证明她是一个不记仇的人，不久后的一天，他说："好想家里的石榴啊。"

她马上说："哥哥想吃，安然摘给哥哥好吗？"

她爬树的技术很好，但因为年纪太小，总是分不清石榴的生熟，胡乱摘回来寄给他的石榴大半是不能吃的。

直到周妈妈放弃周安然的抚养权，周安然与洛子琰才真正失去联系。

一晃八年过去，他知道自己放不下她。这么多年，他一直无法做到真正忘记她。

安然再次见到洛子琰是在公司的培训大会上，他担任大会主持兼讲师，他身边站着的那位是她前天在图书馆看到的美女。

魅苏的声音似乎从地狱传出来，"帅哥美女啊。"

丽丽也止不住地失望，"原来有女朋友啊。"

安然说："没有推不倒的墙，只有不努力的垂涎者。"

全场沉默。

鉴于昨晚有点小失眠的状态，会议开了不到十分钟，安然已经趴在桌子上睡着了。

表姐的电话吓得正在睡梦中的周安然一惊一乍，擦了擦嘴角的口水，拿起电话低头接听，"在开会呢。"

"你把我拉黑了？"

"有本书上说对于不屑迎战的人不该理会。"

"好吧，周安然，以后我再找你我就是猪。"

"你一直是猪啊。"表姐是属猪的。

"什么？"

"嗯，大会上是不能讲电话的。"

"你说我是猪？"

"事实上，你是属猪的啊。"

旁边已经有人忍不住笑起来了。

表姐无奈，"你这女人，真拿你没办法。"

安然笑道："谁叫你爱我。"

"是啊，我闲着没事打电话给你，告诉你我爱你啊。"有病。

说完"爱"后，发现全场几十双眼睛盯着她看，而那枚大帅哥似笑非笑地看着她，魅苏拉了一下她的衣服，"真服了你，面对帅哥居然也能睡着。"

6

过完年后就是情人节，2月14日是一个重要的节日，表姐上线找她，"在干吗？"

安然说："看电视。"

表姐说："明天就是情人节啊。"

安然说："嗯，我已经准备好明天晚上下班后到各大酒店卖避孕套了。"

表姐说："干吗卖避孕套啊，乖，去卖玫瑰和巧克力。"

安然说:"干吗卖玫瑰、巧克力啊,现在的人有钱都去吃一顿,然后直奔酒店,也没见多少人从路边买花,再说巧克力就更不能卖了,路上卖的巧克力你敢买吗?"

表姐说:"啧啧,分析得很有道理嘛。讲正题,明天情人节打算怎么过?"

安然说:"卖避孕套啊。"

表姐说:"得了,能别忽悠吗?"

安然说:"很认真的。"

表姐发了一个坏笑的表情,"就没想过偶遇吗?"

安然沉默。

表姐说:"咳咳,你那同居男友呢?"

安然说:"没有啊。"

表姐说:"我说你能不能跟我说实话?"

安然看着一堆发怒的表情,不小心瞄到桌子旁边那个电话,拿起手机,抽风一样发了一条短信过去:"明天情人节耶。"

安然发出去后,才发现自己矫情了,正想着不知拿什么补救时,电话突然响起来,"喂?"

"怎么还没睡?"杜一的声音有点沙哑,估计练对白很辛苦。

"嗯,准备睡呢。"

电话里传来一个女声,杜一说了声"我等下打给你",便挂了电话。

安然一直很乖,等到半夜两点实在等不下去,才迷迷糊糊睡了过去,睡梦中一直有电话在响,可是她怎么也无法睁开眼睛。

其实她并不是真的等他电话,只是潜意识觉得应该礼貌一点儿。

第二天在电梯遇到魅苏与丽丽,她们两个夸张地说:"哇,安然,你昨晚去做贼了?"

安然无奈地回答:"昨晚没睡好。"

魅苏神经兮兮地凑过来说:"昨晚你男朋友也没过来啊。"

"呃,跟他还真的有关系。"

魅苏一掩脸,"啊,难道昨晚你们视频?耶,你们好变态啊。"

安然一头黑线。

不到十点,楼下保安打电话上来说有人送花,叫安然下去收一下。她抱着花走回来的时候,几个好奇的同事围了上来,"安然,平时看你不声不响的,倒真把我们吓一跳啊。"

"看看是谁送来的?"

安然没发现卡片之类的,心想,也许是杜一。

刚放下花,电话响起,陌生号码,她接听,"喂?"

陌生声音,"花收到了吗?"

安然皱眉,没听说杜一有助手之类的啊,她一时不知道怎么说,只好老实回答:"收到了。"

对方又问:"喜欢吗?"

她回答:"还……"

他又问:"晚上有空吗?一起晚饭?"

她反问:"那个……你叫什么名字?"

她果然能把人活活气死。洛子琰沉吟:"我是洛子琰。"

"谢谢你的花。"

"一起吃晚饭？"

"就我们俩？"

"其实你有约的话，也可以改天。"洛子琰知道对周安然不能急。

"也没约，只是觉得你没必要约我吃饭啊。"还是这种特殊日子，让人误会了咋办。

"我知道了。"

安然默然，他知道什么了？

下午收到一条信息："晚上八点，国安大酒店二楼，不见不散。"

好高级的地方啊，安然慨叹的同时觉得杜一真的好骄傲啊，情人节都没一个电话，难不成自己主动点，打过去告诉他有陌生男子约自己吃晚饭这事？好纠结。

关于偷吃，好吧，她还没吃，再说，杜一与她之间好像也没有真的明确关系，所以偶尔出去跟男性朋友吃顿饭也没什么吧。

这天，安然真的跟洛子琰吃饭了，的确是吃饭，因为八点已经很晚，她的肚子早就饿了，所以一直默默低头吃饭。

周末，安然被魅苏拉出去买衣服。她们几个中，最不喜欢逛街的要数安然，逛一个小时不到就喊累，店主说多少钱就给多少钱，同一件衣服，魅苏买五十，她买要两百。安然还见到乞丐就给钱，害她们最后要到小店买水找零钱坐车回去。不过魅苏还是最喜欢跟安然出去，因为她是那么讨人喜欢。

魅苏问："你觉得我穿这鞋子配裙子好不好看？还是浅绿色那双好看？"

"都……"

"都好看啊？"多么讨喜的孩子，魅苏笑嘻嘻地想。

都不好看……安然想。

逛了半个小时后，安然看见广场上空着很多椅子，她双目发亮，"魅苏，我好累，能不能过去坐一会儿？"

魅苏今天大开杀戒，收获了很多战利品，心情大好，"去吧，别吃陌生人的东西，别听陌生人的话，有事打给我，乖。"

安然提着魅苏的战利品找了张空椅坐下，就见有人坐在旁边，很不巧，是她们同一栋办公大楼的人，而安然之所以认得出来，是因为上次在图书馆与公司开会时，这个女孩都在洛子琰身边。

坐下来后，女孩也看到她，笑着说："好巧啊。"

"你好。"

"你叫周安然？"

"嗯。"周安然拧开矿泉水的瓶子慢慢喝。

"还记得我吗？"

"记得。"

对于她的不冷不热，对方也不介意，"上次，在图书馆，谢谢你的雨伞啊，后来就忘了还给你。对了，我叫洛子丹。"

"哦，我叫周安然。"好废话的感觉。

这时手机响了一下，是表姐，"老实交代吧，有人看见你跟一个男人在国安酒店吃晚饭，是情人节那天晚上。"

安然说："嗯，确实是个男人。"

表姐说："我很好奇。"

安然说："有什么好奇的，又没长四条腿。"

表姐无语。

洛子丹凑过来，但并没有瞄她的手机，好奇地问："跟男朋友发信息？"

安然将手机锁屏，假咳一声，"天将降大任于是人也，必先苦其心志，劳其筋骨，饿其体肤。我觉得这句话挺有意思的。"

冷场。

事后洛子丹跟洛子琰说起，洛子琰笑得像个神经病一样。

魅苏又提着几个袋子过来，一坐下就拿出一条裙子，"这裙子在网上都卖一百多，我八十就搞定了，好看吧？"

安然点头，"好看，不过料子好像是麻的。"

"是麻的。"

"麻料穿在身上会不会像个麻包袋？"

魅苏把裙子往袋子一塞，拿起袋子就走。

安然承认自己很会冷场。

7

一路走回租住的地方，周安然急步直追走在前面还没消气的魅苏，没想到本来保持一段距离的两人，因为魅苏的一个急刹，生生地让周安然撞上了魅苏，周安然摸着微疼的鼻尖探出头来，"怎么了？前面有人杀了人？"

"男神。"

"谁？"

魅苏来不及细说，她把手上的东西往周安然的怀里一塞，

"你先回去,我没喊你,你就不要出来。"

安然笑道:"小心身体。"

却不料一抬头看见洛子琰,他假咳了一声才将笑意从唇边隐去,安然愣住了。

"我来看看你。"

"嗯,现在看见了。"

看了看她怀里抱着的一堆东西,他问:"去逛街了?"

安然回过神来,"哦,是的,我们去逛街了。"

"陪我去一个地方?"

安然暗道,我能拒绝吗?

他如此有诚意大老远跑来,应该不会只看看她就走的。此时此刻,魅苏用不可置信的目光看着他俩。

她问:"去哪儿?"

"怕我把你卖了?"

周安然信心满满地说:"我不值钱。"

"那走吧。"

"好。"

安然把东西塞回魅苏怀里,留下她一个人站在原地惊讶不已。

其实她的腿已经很累了,可神奇的是跟他在一起仿佛忘记了腿脚酸痛。他们沿着人行道一直往前走,仿佛可以走到天荒地老,一个不问目的地,一个不说去哪里。

好不容易走到一家咖啡店门口,他停下脚步,像是询问:"进去坐一下?"

安然摸了摸口袋,"我可以请你喝一杯咖啡,蛋糕的话,我减肥。"其实是钱不够。

这家咖啡店出了名的不好喝且贵，可是没办法，对方似乎十分渴望进去坐一坐。

丽丽曾经说过在咖啡店打工的经历，一位女顾客在催单，她的同事在吧台后忙碌着，然后不小心将抹布里的咖啡拧到杯子里，递给了顾客……

安然想，其实他们一直喝的咖啡都是抹布水吧。

"脸色怎么变了？你不舒服吗？"洛子琰觉得她脸色有变。

她伸手摸了摸苍白的脸，"是吗？"

他伸出手探了探她的额头，感到掌心潮湿，怎么有点儿紧张。

"你要喝什么？"

"水。"

他轻笑一声，来咖啡店喝水，也只有周安然能做到。

他买了一杯巧克力与水放在她面前，记得她小时候是很喜欢巧克力的。

坐下来后，她突然想到一个问题：她来这里是干吗的？

放眼看去，四周都是闺蜜或情侣，那么，把他当成闺蜜？

他问："平时都喜欢做什么？"

她老实地回答："睡觉。"

他要咬着牙才忍住不笑，果然是周安然，连喜欢做的事都与众不同。

这时丽丽不知道从哪儿冒出来，站在他们面前，看了看洛子琰，对周安然挤了挤眼，"安然啊，枉我当你是我的好朋友，拍拖了也不跟我们说一下，要绝交了。"

周安然的脸唰一下红了，她答非所问地道："你是来挤抹布的？"

丽丽一个踉跄差点平地摔倒，呃，她要不要把某些事情记得那么清楚！

她说："我有话要问你。"

周安然刚要站起来，洛子琰拉着她，"在这里说一样的。"

丽丽啧啧两声，"周安然，我要跟你绝交。"

"其实，这台词是我的。"

丽丽气得转身就走。

洛子琰送她回去之后一直在想，她身边的女人都像女色狼一样，她真的不会被潜移默化吗？

周安然感到整个世界有点儿不同，他什么时候把手自然而然地搭在自己肩上的？发现这个的时候，她表示十分震惊，又不好说"麻烦你把手放开"。她迷迷糊糊地被带回住的地方，直到身后的门重重地关住，才回过神来，一抬头看见魅苏与丽丽坐在客厅的沙发上，并慢慢地站了起来，她身后的门已关上，无路可逃，于是她咳了一声，"杀人是需要偿命的。"

丽丽说："坦白从宽。"

魅苏："抗拒从严。"

"天将降大任于是人也，必先……"

"别转移话题。"

"快说，什么时候勾搭上男神的？"

周安然小心翼翼地绕过她俩，然后扔下一句："我很累了，有事明天再说。"

关上房门，丽丽、魅苏在门外叫："你有本事别出来！"

周安然说:"没本事。"

永不缺席的表姐又出现了,她说:"宝贝,最近我看上了一男的,身高一米八,身材很好,主要是长得太像我的梦中情人了,哪天我要怀个孕,木已成舟,他就跑不掉了。"

"冷静。"

"等你看到他就知道我冷静不下来。乖,摸摸头,你要相信你表姐是有这个本事把她想要的男人搞到手的。"

"别……"

"你应该替我感到骄傲的,对不对?"

"你还是冷静一下再说吧。"

"不管怎样,喜欢就要勇敢去追,不是吗?"

"万一被拒绝,你不会轻生吧?"安然似乎已经看见表姐站在天台。

"去去去,我虽然有缺点,但我会改啊!相信我,我会努力加油的。"

"那,祝你成功啊。"

"就这样?"

周安然想了想,"祝你怀孕成功!"

8

睡了个好觉,第二天约了稿子,所以早上有时间看一会儿书。丽丽正要出门的时候,她给自己冲了杯牛奶,将草莓酱抹在面包上,丽丽看见甩了甩背包,"这个容易胖。"

减肥似乎永远是女人的话题,安然正想说句什么,魅苏却把丽丽往门外推,"她胖才好,胖了咱们才有机会。"

丽丽说:"那安然,你吃多点儿,冰箱还有半只鸡。"

安然百感交集,这就是她们纯洁的友谊啊!她想放下手中的面包,想了想,还是健康比较重要,减肥不能不吃东西,不是吗?

放在桌子上的电话响起来,是洛子琰,周安然鹅眉轻蹙,她想说:"你也那么早啊!"却轻描淡写地回了句:"早。"

"一起吃早餐吧!我去接你。"

周安然看了看手上的面包,心想,还是得放弃你吗?正想说已经吃过了,对方又问:"十分钟到你楼下。"

"我……"

对方却体贴地说道:"没关系,我等你。"

周安然做了一个十分反常的举动,她把面包放下,打开衣柜开始挑选衣服。丽丽、魅苏并没有走远,偷听了她的电话之后伸进头来,"安然啊,你是要去约会吗?"

魅苏提醒她:"下午的约稿千万别忘了哦。"

"还有,面包我打包回公司吃,你放心,我不会说是你留给我的。"

坐上洛子琰的车后,安然迟疑了一下,还是开口:"我十点有个约稿。"意思是不能出来溜达太久,工作要紧。

"哪位作者?"

"张老师。"

"嗯。"

嗯?好吧,安然看着车子飞驰出去,已经驶离了国道,她问:"去哪儿?"

"去走后门。"

一个前倾,周安然差点儿坐不稳。

洛子琰直接把车开到张老师家,要命的是张老师像接待贵宾一样把他迎了进去,连同她也受到贵宾般的款待。她心想,什么时候洛子琰跟张老师那么熟的?明明一个是年过半百的长者,另一个更像是初出茅庐的臭小子啊!

再说,张老师是十分难约的,多少出版社抢着要他的稿子啊!在高稿酬面前,他都无动于衷。这次她还是打着出版社高层的名字,仗着跟张老师有几分交情才约见,没想到洛子琰居然知道张老师的巢穴在哪儿,这……

洛某人似乎看出她的心中所想,"张老师是我爸的同门师弟,我们两家一直有来往。这次我是特意来拜访他老人家的,你有什么话尽管直说,我想他都会答应。"席间,她跟张老师聊起书稿一事,张老师豪爽地说:"以后我的稿子都交给你做,稿费对我来说没啥意思,你看着给就好。"

周安然瞬间感到原来"后门"是个好东西啊,她用感激的目光看着洛子琰。洛子琰端起面前的酒杯一干而尽,放下杯子,面不改色地道:"谢谢张叔叔。"

张老师呵呵一笑,"回去告诉你家老爷子,别以为躲到国外我就找不到他了,他欠我的象棋,还是得回来跟我下完。"

"是,小的知晓,回去就跟老爷子说得回来兑现承诺。"

张老师哈哈一笑,"臭小子,跟你爸一个德行。"

回程,周安然心不安地问:"我送你一份礼物吧,你想要什么?"

"陪着我就好。"

翻译成汉语是否就是把你送给我?周安然理解之后感觉完

了。

表姐的信息如期而至，她说："当一个男人叫你陪他的时候，你俩就有戏了。"

安然说："表姐，我虽成年，可是什么叫有戏了？"

表姐说："百分之八十的女生都希望自己的男朋友是君子，也是禽兽，我觉得你应该不会例外。"

安然抚额，"是禽兽？"

表姐发来一个坏笑的表情。

安然心里想，我懂你妹啊！

后来安然想，表姐是凭实力单身，有色心没色胆才是关键所在。

9

本来签了张老师的稿子，可以休息一段时间才对，此时此刻哪怕不在马尔代夫晒太阳，也应该躺在家里，可周安然却被洛子琰带到某聚会上，说早就约好了，临时有事不去似乎不好，就带她露个面。她以为只坐个十来分钟就可以走人，没想到一坐下来几乎失去了人身自由。

简约现代化的会所，与奢华沾不上边，门口是电子识别系统，通过指纹与人脸识别才能进去。

里面环境清幽，小桥流水，鸟语花香，碧瓦朱檐，如果不是一路上都有现代化的电子设备，周安然以为穿越回了古代。这些建筑以及每一块砖、每一条长廊都是经过精心设计而呈现出来的。

好不容易走到一间名叫相约的包间，洛子琰的好友曾伟也在场，他朝洛子琰不怀好意地笑了笑，然后暗中竖起了大拇指，走过来的同时把手中的烟灭掉，然后对安然说："嫂子长得真标志啊。"

呃，这算是耍流氓吗？安然微笑着，心中却升起了喜悦的感觉。

他坐在洛子琰旁边，"不介意我坐在这里吧？"

"没事，您坐，我好像还有点儿事。"

洛子琰长臂一伸，把她拉住，"都是好朋友，平时很少见面。"言下之意就是没关系的，以后见到他的机会非常少。

吃饭的时候周安然坐在洛子琰左侧。大家都高兴，喝了点儿酒。倒酒的时候，周安然想说没喝酒的习惯，但她终究是见过大场面的人，等大家都站起来举杯的时候，她也站了起来，可是洛子琰却接过她的酒，"我替她喝。"

有人说："子琰啊，这不行的，坏了规则，你得罚一杯，加上你自己那一杯，得喝三杯。"

"三杯就三杯。"洛子琰高兴，喝完自己与安然那一杯，又自觉地倒了一杯，一仰而尽，举了举空杯，"看见没，君无戏言。"

待他坐下来，安然悄声问他："你是酒缸里泡大的？"

他明白她什么意思，下午喝那么多，晚上又喝，一般人早就受不了了，可他洛子琰不是一般人啊！别忘了，他曾留学国外，在那里，周围人可是把啤酒当饮料喝的，基于近墨者黑的原则，所以他也难以幸免。

他笑了笑，"今天高兴。"

她点点头，自言自语地说："嗯，高兴喝酒是不会醉的。"

他眼底的笑意更浓了，如果他没看错，刚刚曾伟喊她嫂子的时候她不但没纠正，并且脸蹭地红了一下。

大家多喝了几杯，开始讨论起爱情。

洛子琰认真地想了想说："男人喜欢一个女人应该是胆怯的。"

世界瞬间安静，安然点点头，"嗯，爱是伸出去又不敢触碰的手。"

洛子琰的头突然疼起来，他不相信纯情的安然已经经历过爱情，他不自信地问："你怎么知道的？"

安然正想回答是书上说的，这时有人敲门进来，服务员把新开的一瓶酒拿进来。周安然看着大家又举起了杯子，她不禁也举起了面前的杯子，却被洛子琰夺了去，她迟疑了一下，"那是我的杯子。"

洛子琰眯了一下眼睛，"有问题？"

周安然的心扑通了一下，"没……你自便。"

离他们最近的曾伟起哄说："都快一家人了，共用一个杯子算什么啊。"

周安然正想解释，洛子琰牵起嘴角笑了笑，漫不经心、若无其事地将杯子送到嘴边，上面有安然的唇印，一想到这个，忽然有点儿心神荡漾，微笑着放下杯子。

周安然轻声问："你笑什么？"

"今天高兴，你开心吗？"

周安然认真想了想，"挺高兴的。"

毕竟签了一名大师级作家，这足够她开心半年了。她说的全是实话,可听在洛子琰耳朵里却以为她跟他在一起挺高兴的。因为他才签了张老师,周安然是懂得感恩的人,她把空了的杯子倒满,举起酒杯对洛子琰说:"我敬你一杯,我干杯,你随意。"

洛子琰根本不知道她内心戏那么多,待要阻止她的时候已经来不及了,曾伟见了连忙又给她满上,"我敬嫂子一杯。"

安然已微醉,"你是?"

"子琰同事,高中同学。"

"干!"

"嫂子痛快。"

洛子琰一把将他拉开,"知道自己为什么单身吗?"

曾伟还没说,安然已经抢答:"凭实力。"

所有人都笑起来,顿时化解了尴尬,气氛好了,大家就开始有点儿口无遮拦。这时安然心想,如果魅苏与丽丽在的话,一定会将这里推向高潮。

洛子琰见她不说话,问:"在想什么?"

安然笑了笑,伸手拿杯子,结果中途就被截住,"嗯?"

她好脾气地笑着,"口渴。"

"喝白开水好不好?"

"不好。"

洛子琰败给了她,谁叫他喜欢她,于是他的手松开,"少喝一点儿。"

"我很轻。"

曾伟已经看不下去了,"你们是来这里拍拖的?"

他俩却异口同声地否认:"我们是朋友。"

曾伟忽然一笑,"知道我为什么还没有女朋友吗?"见没人回答，他说，"因为你们女人都太能喝了，我根本没机会。"

周安然为那句"我很轻"羞红了脸，洛子琰却好笑地看着她，拿起本来给她准备的白开水，一个倒了，另一个可要保持清醒啊，洛子琰是这么想的。

这时有两个女子走过来，其中一个问："周安然？你是安门大街的理国大厦员工？"

"嗯，十一楼。"

"哇，上市集团耶。"女子眼中充满艳羡之色。

"嗯。"

洛子琰剥了两只虾放在她碗里，"趁热吃。"

那两个女子识趣地走开，安然低头吃虾，心想，你怎么知道我爱吃虾的？

曾伟八卦地走过来问："她们跟你说什么了？"

安然一愣，"你是指工作的还是私人的？"

"私人话题比较感兴趣。"

"私人话题没有，工作的倒是有，你要听吗？"

旁边某人笑出了声。

这时又有两个姑娘走过来，"我们是来敬洛子琰的。"

旁边的曾伟怪叫："为什么你们眼里只有他？我职位不是比他高一级吗？你们对高薪厚职没兴趣？"

其中一个姑娘一愣，"不是没兴趣，是高攀不起。"

曾伟说："我明天回公司申请降职。"

安然说："降职估计没什么用。"

"那应该怎么办？"

安然低头想了想，然后认真地道："不如拿钱去整容靠谱点儿。"

女子哈哈一笑,爽快地举杯,"我干杯,你随意。"

然后洛子琰很随意地拿起装着白开水的杯子喝了一大口。

安然转过头,假装什么都不知道。那女子不可思议地看了看洛子琰,又看了看周安然,心不甘情不愿地回到自己的座位上。

10

吃吃喝喝的时间过得最快,转眼已经到了晚上九点多,有人提议去夜场继续嗨,周安然一边佩服他们的精力,一边想着应该怎么拒绝他们才不失体面。

洛子琰却朝她招招手,"送我回去吧,明天早上有个很重要的会。"

"我……"

洛子琰已经把车钥匙给她,不容她再说,扶起她就走。

周安然一直没有拒绝别人的习惯,走到车旁说:"其实我还没考到驾驶证。"

洛子琰一愣,随即想笑,可他忍住了,摊了一下手,然后他说:"有水吗?"

"有。"她从背包中拿出一个保温瓶,拧开递给他。

他喝完温水,轻唤她一声:"安然。"

"嗯?"放好保温瓶的安然抬头,清澈的眸子看着他,他暗忖,你真的忘了我吗?可他最终什么都没说。

这时安然的电话响了,她一看,是表姐,正想走开接电话,他开口:"在这里接吧。"

安然接通电话,表姐劈头就问:"没上线啊?"

"我今天有事在外面。"

表姐习惯性大惊小怪,"哎哟,我们的乖乖女要变坏了吗?"

安然表示十分无奈,"是真的有事。"

"说吧,魅苏说今天你跟一个英俊潇洒的男人走了,不是你男朋友。"

"你什么时候搭上魅苏的?"

"这不是重点。"

安然想挂电话。

表姐又说:"你敢挂电话,我就跟你妈说去。"

安然叹气,"难道我看上去无男不欢吗?"旁边某男假咳一声。

表姐敏感地问:"旁边有人?"

安然连忙岔开话题:"你找我什么事?"

"今晚约好一起去吃饭的,你放我飞机也不跟我说一声?"

安然才想起今天约了表姐吃饭,她是真的把这事给忘了,"对不起,今天临时有事把你忘了,下次吃饭我请。"

"我要去吃泰国菜,最贵的那种,到时把男朋友带上。"

安然尴尬不已,"并没有……"

然而表姐已经挂断了电话。

洛子琰好像并没有听她讲电话一样,背着她眼睛看向别处。安然轻咳了一声,不知为什么,说了一句:"是我表姐。"

对方应了一声,"我们坐公交回去吧。"

一路上他们肩并肩,走到公交站牌。站在路灯下,他高高的身影挡去了大半的光,周安然感到这个情景很熟悉,忍不住向他走近两步,仰头看着他的侧脸,他的侧脸俊朗又帅气,安然感到似曾相识,可又想不起在哪里见过,也许除了那次公交站相遇,之前可能有过无数次的擦肩而过,她轻轻叹了一口气。

公交车还没来,她的叹息被他听见,他转身,看见她若有所失的脸,"在想什么?"

她问:"我们以前是不是见过?"

"以前是什么时候?"

安然语结。

"还记得屋后的番石榴吗?"

周安然微张嘴巴,一时之间惊讶不已。

"我以为你都忘了。"洛子琰重新转过身,心中略微苦涩。

他是子琰哥哥?她以为只是同名同姓的人,没想到真的是她的子琰哥哥。那个一直把她当宝贝一样护着她的男孩,她怎么会忘记?可是她的子琰哥哥回来了,不是应该高兴吗?怎么会有种怅然若失的感觉?

具体表现在,有同事拿着一张表问她怎么填,她拿过来一看,脱口而出:"怎么有两个辞职?"

同事说:"你再看清楚点儿,一个是辞职,另一个是辞退。"

又比如表姐找她聊天,表姐说:"今天我跟同事去看了《我不是药神》,真的太好看了,有空你也跟男朋友去看看。"

"《我不是女神》？"

表姐再也没有找她。

与魅苏以及丽丽去吃饭的时候，看见前面有个背影十分像洛子琰，她摇了摇头，"幻觉，幻觉。"

魅苏问她："什么幻觉？"

安然还是摇摇头。

她觉得自己原本平静的生活被人搅乱了，除了有点儿措手不及，好像还不怎么讨厌这种感觉。她决定先冷静一段时间，顺其自然。

丽丽也感到她有点不对劲儿，轻声问魅苏："你说她是不是不对劲儿？"

魅苏点点头，"我也感觉到了，不知道是不是为了稿子的事。听说张老师都把版权交给她啦，还有什么好烦心的！"

"也许是因为男人。"

魅苏忍不住仰天长叹，"你以为每个人都像你，离开男人就活不成啦？"

丽丽否认："她男朋友好像很久没来了。"

"你指哪一个？"

丽丽顿时想起她们公司楼上的英俊帅男，"哪个才是正牌？"

魅苏听她这么一说，好像能理解安然为什么长嗟短叹了，"她是不是为了选哪一个而心烦不安啊？"

丽丽哀号一声，"那还用选啊？当然两个都要啊。"

魅苏像看怪物一样看着她，默念：我不认识她，我不认识她！！

11

周一,中午在饭堂吃饭的时候,一同事看见她们三个坐在一角吃饭,旁边还有一个位置,就拿着饭盒走过来坐在周安然对面,"这里没人坐吧。"

安然恍惚地抬起头看着来人。魅苏柔声说:"你不是已经坐下来了吗?"

"我看你们三个经常在一起。我叫陈仲庭,业务部新来的同事。"眼睛没从安然脸上移开。

食堂人很多,夏天的时候除了开空调还会开风扇,安然对面的风扇刚好吹到她,风吹头发动,更衬得她安静而婉约,那一瞬间陈仲庭看呆了。丽丽看见他失态的样子感到好笑,周安然漂亮她们都是知道的,如果说周安然属于那种安静的美,她跟魅苏可是属于那种时尚现代的美,所以这个叫陈仲庭的男人至于不把她跟魅苏放在眼里吗?

丽丽假咳了一声,"我是宣传部的丽丽,同事你好。"

男同事应付式地应了一声,然后问安然:"你是策划部的吗?"

安然正想回答,突然感到眼前一黑,一个人影挡住了她大部分的光,她下意识地抬起头,看见洛子琰双手插在裤兜里,他长得可真帅,只要往那儿一站,全场女生都忍不住将目光投射到他身上。

而他的目光只落在一个人身上,那个人就是周安然。她还没回过神来,他的手已经搭在她肩膀上,然后对着魅苏与丽丽说:"我有事跟她说一下,你们自便。"展现出来的绅士风度令人折服。他们走开后,丽丽忍不住跟魅苏抱怨:"没机会了,分明是安然非他莫属嘛。"

周安然淡然地回头,表示已经听到她的话,并用眼神告诉她们:"你们还有眼前这个陈仲庭啊,留给你们,不用谢。"

丽丽忍不住朝她伸了伸中指,周安然担心洛子琰会看见,于是挽着他的手臂快速离开现场。

丽丽眯了眯眼睛,"没朋友做了,绝交。"

魅苏劝她:"注意形象,吃饭吃饭。"

这边洛子琰看见她主动把手挽过来,笑意爬上嘴角,只是他刚刚为什么见到她对面坐着一个男人会紧张呢?他一个上市集团的继承人,会吃一个莫名其妙的男人的醋?

何况他一向心高气傲,从不认为其他男人会是他的对手,但安然是个例外,他始终不知道她的心到底是怎么想的。

安然见远离了危险区,便把手抽了出来,可惜她没看见他眼中的失落一闪而过,她说:"对不起,他们都是我的同事。"她也不知道为什么要解释。

洛子琰点点头,绅士地说道:"没关系,是我打扰你吃饭了。"

周安然问:"子琰哥哥,你有事要跟我说吗?"

是,他想告诉她,他喜欢她,想让她做他的女朋友,可是他不能这么冲动,他怕开口吓到她,于是他说:"这附近新开了一家餐馆,想请你去试试菜。"

只见她两眼一亮,"好。"

还好,聊起吃的她还是那么有兴趣。记得小时候,他就说她是吃货,可她死活不接受自己是个吃货的事实,最厉害的大概就是她怎么吃都不会胖吧。一想到这儿,他的眼中就不由自主地流露出宠溺的神情。

这边丽丽不知哪里来的望远镜,正全神贯注地盯着周安然,魅苏吃完饭一抬头吓了一跳,"你哪里来的望远镜?"

"别吵,快抱在一起了。"随即又"哎呀"了一声,"安然松开了他。"

魅苏表示什么都没看见,"你好变态啊,随身带着这东西。"

丽丽放下望远镜,"咦"了一声,"陈同事什么时候走的?"

魅苏耸耸肩,"你都不知道,我怎么会知道!"

周安然吃完饭回公司,在楼下大堂碰见魅苏、丽丽,她俩一个假装在打电话,另一个在等她打完电话。

周安然淡定地走到她们身边,"想看帅哥?他有事先走了。"

魅苏不可置信道:"安然,你变了。"

丽丽挂了电话,做兔斯基扑腾状问她:"怎么样?怎么样?确定关系了吗?"

魅苏看着她,"他才是正牌?那以前来我们宿舍的那个男人是谁?"

丽丽依然花痴状,"太帅了,让我抱一下,我死而无憾。"

魅苏推了推她,"醒了没?"

丽丽不依,"连背影都那么挺拔迷人,醒不了,醒不了,谁要醒啊!我不要醒,让我倒在他怀里死了也罢。"

安然笑了一下,"他是我小时候的邻居哥哥,我们一起摘石榴,一起到河边钓鱼……"

魅苏与丽丽异口同声地问:"然后呢?"

"我们的感情像兄妹一样,他很疼我,我也是最近才知道他是子琰哥哥。"

"是不是表示我们还有机会?"丽丽仍然在梦中不愿醒过来。

"有没有机会我就不知道了,我记得他身边有个大美人啊,叫洛子丹。"

魅苏一拍她的头,"那是他妹妹,你不会连他有个妹妹都不知道吧?"

丽丽突然感到充满希望,抓住魅苏就问:"你是怎么知道她是他妹妹?"

"同样姓洛,中间子字,眉宇间又有几分相似,不是妹妹也是堂表妹之类的,总之不是他女朋友。"

安然的余光扫到一个身影正走向电梯,然后心猛地跳动了一下,他是不是故意走过来请她吃饭的?如果没记错,他带她去的那家餐厅只是翻新了一下,并没有换老板与厨师啊。

12

魅苏上班快迟到了,丽丽还在淡定地念经,她忍不住说:"要不我先走,你垫后?"

丽丽说:"马上就好。"

魅苏问安然："她最近怎么了？"

安然整理一下身上的衣服，拿着包包站在门口，"造孽太多？"

魅苏扶着头一副头疼的样子，"早晚都念，这里都快变成寺庙了，再这样下去，我该不会被同化吧？"

好不容易念完了，丽丽拿起包包笑着说："念经而已，用不着大惊小怪的。对了，中午我不吃肉，你们自便。"

魅苏扶着安然出门，"变化太大了，救命！"

安然看了丽丽一眼，"她该不是惹上什么脏东西了吧？"

魅苏吓得跳起来，"你别吓我，我胆小。"

丽丽推了她一下，"得了吧，上次去鬼屋，你挨个儿跟那个鬼握手，整得跟领导下乡一样，你胆小？"

魅苏莞尔一笑，"那些都是人扮的啦，我要是你，直接进尼姑庵带发修行。"

安然抿着嘴在偷笑。

赶到公司刚好八点五十九分，丽丽笑着说："看来念经还是很有用的。"

安然摇头，"那是今天司机踩油门快了点儿，路上不堵车。"

这时有个男人走过来对魅苏说："魅苏啊，听说你跟洛子琰很熟，我这边有个项目要找他，你方便搭个桥吗？"

"你可以直接找他啊。"

"我担心太冒昧了。"

"其实我跟他不熟。"

"谦虚什么啊，你是不是不愿意搭桥啊？"

魅苏扶额，"我真的跟他不熟。"眼角瞄到渐行渐远的周安然,很想说安然跟他才熟呢,但又没有理由因此出卖朋友。

经理经过她们旁边的时候说:"五分钟后到会议室开会。"

魅苏感激地看了他一眼。

会上,经理问安然:"为什么要做这种选题?"

安然直接回答:"十年前流行移民,现在他们几乎都回到国内,我觉得这类选题很现实,如果能拍成影视,应该会大卖。"

经理点点头,用眼神鼓励她说下去。

她又说:"还记得多年前余华老师的《活着》吗?就是因为内容引起大部分人的共鸣,成为经典。"

经理笑了笑,颇为安慰,"原本这类选题我们公司是不做的,但不久前有一些编辑递了海归类的选题。上周楼上的公司派了一名刚从海外回来的同事跟我聊了下,他的观点跟你一样,认为虽然国外很好,但还是选择回来,因为国内有太多东西割舍不了。到时你们可以做搭档,做一套系列书。"

一向跟安然搭档的男同事不服,"我们公司跟他们集团公司一向没来往的吧?"

经理也不打哈哈,"他们公司准备收购咱们公司,如果收购成功,那么我们就是他们的子公司了。"

魅苏说:"原来是财大气粗啊。"

安然说:"无所谓啦,有工资发,谁是老板都一样。"

"他们做这种书比较有经验。安然,这是他的电话与姓名,你记一下。"

安然接过经理递过来的手机扫了一眼,愣住。

魅苏:"怎么了?见鬼了?"

经理见她呆了,"有问题?"

"没。"淡定地拿出手机,想不到自己手机原本就有他的名字与电话,那么,还是记一下好了。正思绪起伏,觉得近来太多巧合的同时,她的电话响了,她接通,礼貌地说:"你好。"

对方似乎愣了一下,"你好。"

原来是集团派来的人,这就有点儿尴尬了,他问:"你在干吗?"

安然说:"在开会,记资料,还是你的个人资料。"

他问:"中午一起吃饭。"

"有什么事吗?"

那边沉默,安然觉得应该补一句:"如果没什么事,我先挂了。"

双方都没立刻挂电话,几秒后,洛子琰先挂掉电话,周安然懊恼地拿着电话,一副垂头丧气的样子。

旁边的人一脸疑惑地看着这个平时十分讨人喜欢的姑娘懊恼不堪的样子。

直到中午,电话再也没有响起,她为此有点儿担忧,后来几天忧心忡忡的样子,令身边的人都紧张起来,丽丽也放弃了念经,"你说她不会有事吧?"

魅苏摇摇头,"能有啥事,事业一帆风顺,我听部门经理说还要升她为主编呢!你看她年纪轻轻的,真让人羡慕啊!"

丽丽又问:"或许是为了情事?"

魅苏认真想了想,"也是,一脚踏两船是比较烦恼的,如果是我,我也不知道该选明星男朋友还是那个男神。"

丽丽瞬间闭了嘴。

13

　　一连几天洛子琰都没有再找周安然，整日里安然叹息不断，心中像缺了点儿什么，没有由来的惆怅不安。等到某天选题会结束后，她把他的电话号码翻出来，托着腮在想，现在找他，美其名曰工作，也是可以的吧？

　　这么想的时候，手指不安分地拨通了号码，响了两下，对方接听，"你好，洛子琰不方便接电话，你有事可以跟我说。"

　　"那个……也没啥事。"

　　"是嫂子啊？我是曾伟。"

　　"哦。"周安然迅速在脑海里搜索此人。

　　曾伟解释："你的名字他用英文标着，我还以为是他国外的朋友呢，要不我把电话给他？"

　　周安然脱口而出："他不是不方便接电话吗？"

　　曾伟暗想，这姑娘真实诚，却说："没关系，他就在休息室休息，我这就去找他。你不知道，这几天他熬通宵工作，说什么要弄一个系列书出来，具体的我也不太懂，昨天还在医院挂着点滴，今天就来上班了。"

　　噢，原来他病了，大概这个系列书是她在做，他才这么用心吧！周安然连忙说："不用找他了，让他睡会儿，我也没啥事。"

　　曾伟赞道："嫂子真会体谅人，等他醒了，我跟他说你来过电话。"

"不用了，我晚点儿再打给他。"安然不再等曾伟回答自顾挂了电话。

一抬头看见魅苏笑吟吟地站在前面，俯下身来，"姑娘，给谁打电话呢？"

她左顾右盼，"找我有事？"

"今天下午有个选题会，经理说由你主持。"

周安然吓一跳，"我？"

丽丽也过来了，"可不就是你，得照顾着我啊！我这个月还没完成任务，吃饭还是吃粥就看你了。"

"别这样，我怎么……"

"你准备一下吧，我们手上有好几个项目要跟你反馈，你担待着点儿。"就连魅苏都这么说。

"行，我会努力的。"

随即魅苏认真看了看她，关心地问："怎么看起来不太高兴的样子？眼看升职的事坐实，不应该放鞭炮庆祝一下吗？"

"也许最近熬夜做稿子太累了。"

魅苏长臂一揽，搭上她的肩膀，"可要保重凤体，我们不能没有你。"

安然笑了笑，"我尽量。"

丽丽霸道地说："不许尽量，是必须。"

魅苏朝她挤挤眼，"晚上回去给你加个鸡腿。"

安然受宠若惊，"哪敢劳烦大驾。"

结果下班回去，发现家里已经烟火四起，有人敷着面膜在厨房忙碌着。因为好久没有这种人间烟火，她们以为自己走错了房子，丽丽甚至倒回去看了下门牌，确定没错之后才说：

"是我们家。"

魅苏大吃一惊，"难道家里遭了贼？"

安然淡定地道："贼还会替我们做饭？"

丽丽邪恶地说："也许是田螺姑娘。"

看见那个围着女式围裙，敷着面膜的男人，魅苏与丽丽觉得自己身为一个吃货，留下来吃饭很重要，但身为安然的朋友，给他们独处的机会又是那么有必要。

最后还是杜一留了下假装离去的两人，"一起吃个晚饭吧，准备了你们的饭菜。"

她们以闪电的速度坐到餐桌旁，"那我们就不客气啦。"

安然像什么都没看见一样，舒服地喝着热汤。杜一回到厨房拿菜的时候，魅苏低声说："选这个吧，我觉得为你下厨的男人不会差到哪里去。"

丽丽翻着白眼，"好让你有机会接触男神，给男神下厨吗？"

魅苏怼回去："我不信你不是这么想的。"

安然放下碗，右手搭在桌子上扶着额，有点儿不在状态地说："你们能不能消停点？"

魅苏与丽丽才发现安然的眉毛都拧到一块儿去了。

安然自然知道杜一不会无缘无故出现在这里，这时她的电话响起来，她站起来去接电话，"喂？"

对方用略带沙哑的声音问："你找我？"

"是的，本来想找你谈谈那套系列书的事。"

"我把计划书做好了，剩下约稿的事交给你。"

感慨他办事效率高的同时，她又问："你病了？"

他略带疲倦地应了一声。

她说:"多喝点儿水,早点儿休息。"

他嘴角浮起淡然的笑意,这女孩就是来收服他的吧,这口吻多像一个不负责任的男人啊。

她等了一会儿,见那边没反应,于是默默挂掉电话。

丽丽问:"谁啊?"

魅苏想制止她已经来不及了,本来安然还想说点儿什么,突然感到胸口有点儿堵。就在这时,杜一过来,"都别顾着说话了,快来尝尝我的手艺吧,最近我在拍一个关于美食的节目。"

魅苏顺势接下去:"所以拿我们来做白老鼠吗?"

全场鸦雀无声。

安然心想,没想到她比我还会冷场,平时她都是装可爱的吧?

吃完饭,丽丽与魅苏收拾桌子洗碗,杜一趁机说:"我要出国一段时间,大概半年。"说这话时没看周安然,一副理所当然的样子。

安然点头:"嗯。"

"其实你可以接受其他异性的约会。我是说,你不用等我。如果那边发展得好,我可能要长时间留在那边。"

安然摆摆手,"你放心去好了,不用跟我交代。"意思是我们还是朋友,不用惦记着我的。

"安然……"

"工作重要。"

"对不起。"

"我原谅你。"

丽丽洗完碗出来,"我说安然,你的男神也应该有表示了吧，马上七夕了。"

魅苏心虚地看了看杜一，暗忖，他该不会觉得男人是他吧。

果然，杜一说："我会抽空送花给你。"

安然连忙说："不用破费的。"她蹙眉，刚刚不是还在说大家是朋友嘛。

魅苏拉着还不知道已经闯祸的丽丽往房间走去，"去帮我挑挑，明天我穿什么衣服上班比较好。"

丽丽想了想，"要不穿绿色？"

"那帽子呢？"

"当然绿色啊，配成套嘛。"

14

某药店，周安然在店里转了半天，据说有些实用药会放在最底层，于是又蹲下来看了半天。

店里的销售员已经在小声讨论，年长一点的说："你猜她是不是怀孕了不好意思说出来？"

年轻一点的问："买安胎药还是……"

年长的说："肯定是买测孕的，确定有了再看是否留。"

年轻一点的点头，"是啊，我怎么那么蠢，应该先测测有没有怀孕再说。唉，你看她年纪轻轻的，怎么就这么不把自己当回事呢？"

"得了，你也别说了，她过来了。"年长一点的和蔼可亲地对周安然笑了笑,"姑娘要找什么药?"

"就是普通的感冒药。"

那两人对视了一秒,放下心来,年轻一点的说:"姑娘请跟我来,我给你推销一款特效药,白天吃白色,晚上吃黑色,白天吃了不困,晚上吃了睡得香。"

安然问:"你说的是白加黑吧?"

"是的,这药我觉得挺好的,你可以试试。"

买了药,她茫然站在街头,问题来了,怎么把药送给他,她不知道他住哪里啊。

"我买了感冒药。"编辑完又抬头想了想,嗯,不知道子琰哥哥需不需要。不知道为什么,她准备发信息的时候突然感到紧张,想了想,还是删掉吧,他那么大,还不知道怎么照顾自己吗?

正当她准备删掉的时候,不小心按了发送键,真的很不小心。

她盯着那条发出去的信息,想撤回,却发现这是短信,根本撤不回。

一分钟不到,电话响起,她与他同时问:"你在哪里?"

周安然笑了起来,她觉得此时此刻必须坦诚,于是她说:"我在家楼下。"

"我过来,你等我一下。"便收了线。

丽丽下来扔垃圾,看见她站在那里伸长脖子张望着,手上多了一袋药,便问:"这是送走明星帅哥,等新人?"

"你扔完垃圾先上去吧,我担心魅苏一个人在家会害怕。"

丽丽扔完垃圾拍了拍手走过来,"可我也担心你一个人在这里会害怕啊。"

安然有点儿小尴尬,然而第一次对一个男生示好,是不应该有别的女生在场的,于是她说:"我那个LV包包可以借你背一周。"

丽丽说:"一个月。"

"成交。"

丽丽临走前还不忘嘀咕两句:"安然,见色忘友。"

安然顿时感到无语,有吗?她?见色忘友?

丽丽刚走没多久,前面就有两束光照过来,她倒退一步,看清来车之后,尽量表现得镇定一些。待他停下车来打开车门,她走过去,"嗯,药。"

他轻声应了一句:"要上车吗?"

"不了,明天要早起,你吃了药也早点儿休息。"

"那行,你先上去,我看着你上去。"

她温婉一笑,尽量表现得毫不在乎,"那我走啦。"

看到她在阳台,他朝她招手后,才坐回车上,然后一脚踩油门,车子像箭一样射了出去。

车后座的曾伟才问:"该公开说明一下了吧?"

"你是要官方的还是内部的?"

"不一样吗?"曾伟郁闷的是明明双方都很在乎彼此,干吗要耍酷?一个不说,一个不问,真替他俩着急。

谁知道洛子琰说:"对爱情这种东西要有耐心,你就拭目以待吧。"

曾伟呻吟一声,"我怕你再这么等下去,我会先下手为强啊。"

洛子琰猛一踩刹车,曾伟一个猝不及防差点儿撞在挡风玻璃上，他大喊："你这是谋杀。"

"是警告你以后说话小心点儿，她是你嫂子，我以为你已经眼见为实了。"

曾伟不服气，"那你又没公开。"

"会公开的，但不是现在。"

曾伟欲哭无泪，"你是老大，你说了算。"

而那边的周安然在微信上主动找了表姐，她问："表姐吃饭了吗？"

表姐说："都几点了，吃夜宵还差不多，不过没胃口，除非有人喂我。"

安然说："我今天干了一件十分勇敢的事。"

表姐说："扶老太婆过马路？"

安然无语。

表姐说："要不然呢？"

安然说："你早点儿休息吧，看你挺累的。"

表姐说："是啊，今天开了一天的会，都是关于市场部的。我们老板说了，如果下个月还是这样的业绩，全部滚蛋。"

安然说："那就滚。"

表姐说："暂时还没想好滚到哪里。"

安然停下打字的手摸了摸鼻子，然后十分认真地打了一行字："找个人嫁了，生娃带娃，再也不用操心工作。"

表姐说："我的天啊，年纪轻轻的你是这么想的吗？我觉得小姨知道了肯定会先去放一串鞭炮的。"

安然表示无语，表姐这么多年还是英勇无比，明明是她自己说工作压力大，忍已经不是个办法，分分钟有要滚的可能，自己好心给她出主意，怎么就成了自己要找个人嫁了呢？

于是她给表姐发了一句："你确定你的语文课不是体育老师教的吗？"

这回表姐大怒说："滚。"

安然趁机滚了。

15

第二天表姐后知后觉，趁着上厕所的空档给安然发了微信："你昨天找我说干了一件很勇敢的事？"

安然十分淡定，说："嗯。"

表姐说："不会是你怀孕了吧？"

安然说："那得有个男人，我又不是蚯蚓，自己把自己肚子搞大。"

表姐说："那是什么？"

安然说："现在我又不想说了。"

表姐说："你下班别走。"

安然没再理她，反而找到洛子琰的微信，给他发了一条信息："感冒好点儿了吗？"

他居然秒回："好点儿了，方便下班后去我家煮点儿人吃的东西吗？"

她没说方便还是不方便，反而问："你的意思是，那食堂的饭菜都是给猪吃的？"

他差点儿笑出声来，说："主要是生病了，没胃口。"

她回:"可我并不知道你住哪里啊。"

信息一发出去她又后悔了,这么直接会不会太热情奔放了?

可信息都发出去了,再撤回反而不好,果然,他说:"下班后我去接你。"

他下班真的来接她了,只是没想到菜与水果他都买了。看着这些新鲜食材,难免让她胡思乱想,比如,一个男人是逛超市还是逛菜市场。

他似乎知道她的心思,于是说:"我们公司有个阿姨会利用午休的时间买点儿菜带回去做饭,我就顺便叫她多买点儿。"

周安然看着几乎塞满车尾箱的食物,心想,真的很顺便啊。"她能不能到你家,顺便做顿饭给你吃?"不知怎么,明明是心里想的一句话,此时此刻却有感而发地说了出来,洛子琰一脸高深莫测地看着她。

为了打破僵局,周安然轻笑了一下,"我觉得我的厨艺应该没人能比得上吧。"

在她自我感觉良好,在他若有所思的注视下,她的声音消失了,还是少说两句吧,说多错多啊。

然而还有很多意料不及的事情,她在厨房忙碌之后以为可以坐下来安静吃顿饭,谁知门铃响了,她吃惊地看着他。

他淡定地说:"去开门吧。"

放下筷子去开门,门外站着的是洛子丹,她看到安然没有很吃惊,好像安然本来就住在这里一样,只是她对着哥哥笑,有点儿让人捉摸不透。她走进来鞋也没换便说:"听说你病了,我来看看你。"

"吃饭了吗？没吃就坐下来吧。"

她换了鞋，把手里提来的水果放入冰箱，而后坐在餐椅上，"妈叫我照顾你，看来不用了。"

"吃饭少说话。"洛子琰抬手按了按眉头，这话很明显有点儿警告她的意思。

洛子丹耸耸肩，夹了一块鸡翅放在他碗里，"生病的人最忌动气，你好好吃饭。"

周安然安静地吃着，仿佛对他俩的对话丝毫不感兴趣。洛子丹自然不会那么轻易放过她，夹了一块儿鸡翅给她，"我哥说你爱吃鸡翅，你多吃点儿，太瘦了。"

"教师节那天有个老公陪老婆去产房生孩子，老公在门外握着拳头喊：'老婆加油！'有人问他为什么那么激动，他说：'今天生出来的是知识分子，明天生出来的可就是恐怖分子。'"

"什么？"

"不是在开玩笑吗？"

洛子丹觉得一点儿都不好笑啊，这话里的关键词不是"我哥说你爱吃鸡翅"，怎么到她那里就变成笑话了。

一旁的洛子琰笑得差点儿断了气。

洛子丹把筷子一放，"我回家吃饭，妈还等着我呢。"

洛子琰摆摆手，巴不得她赶紧走，多碍眼的一个活体灯泡。

临走前洛子丹问周安然："你要回去吗？我哥病着，我送你。"

周安然看了看满桌子的菜，咽了一下口水回她："你先走吧，待会儿我自个儿打车回去。"

洛子琰知道她不是舍不得丢下他一个人,而是舍不得那一桌菜,洛子丹也明白,所以给了他一个同情的眼神。

吃完饭回去的时候,洛子琰说送她,她说:"你还是回去躺着吧,以后别让我来伺候你,我就安心了。"

然后洛子琰连再见都没说,就把门关上了。

晚上她回去直接拨通了表姐的电话,本来想着跟表姐诉诉苦,比如,你说一个男人明明对她很好,但有时又给她使点儿小性子是几个意思。

可是还没待她开口,表姐却像放鞭炮一样停不下来,"安然啊,我今天在公司闯祸了!其实也没什么,就是老板在会上被我给怼了,后来老板黑着脸离开会场,当时我们的客户也在场。我当场指出老板的不足,给他难堪,我觉得自己离挂掉不远了。"

这时丽丽像游魂一样在客厅游荡,嘴里念叨:"下周再不过选题,我就得卷包袱走人了,我不想回农村啊,我还是想留在城里被套路。"

魅苏吃完饭第一件事便是去跑步,回来的时候满身大汗,洗了澡信心满满地跳到电子秤上面,好像秤上有东西扎她脚底跳下来,"什么鬼,明明已经在喝减肥酵素,平时也有节食!花了半个月买的酵素居然没有一点儿用,一定是秤坏掉了,你们上去称称看!"

如今看来谁的问题都比她麻烦,她的那点儿猜心游戏就该停止了,是吗?她也知道自己直率说错了话,站在对方的角度看,确实认为过去伺候他是个麻烦事啊!她怎么可以说出这么不经大脑的话呢?可她也是为他着想啊。

这时丽丽喊她:"选题你能不能解决?"

"我尽量试试吧。"

"不要尽量,要肯定,你给我个底,我好去睡觉,要不然今晚肯定会失眠的。"

魅苏建议:"不如你把小清新的选题改为社科类选题?"

安然刚要开口,丽丽却打断了她:"可小清新都做了那么久,如今说不做就不做,我一时半会儿转换不过来啊。"

"我想说……"

丽丽已经哀叫起来:"你不能想说啊,你要是这样,我会死的,各大版块都有人做了,我就守着我那可怜的小清新怎么了?碍谁了?你们就这么容不下它吗?你别忘了,刘若英的《后来》也是小清新演变而来的呢。"

安然叹了一口气,"丽丽,我是想说你的想法很正确,我尽最大的努力替你争取。"

丽丽自然不是那么容易就打发的,她固执地问:"概率有多少?"

安然想了想,说:"百分之八十吧。"

丽丽欢呼一声:"耶,可以去睡个好觉了。"

魅苏嘀咕:"疯子。"

安然转头对她说:"减肥不能不吃东西。"

听她这么说,魅苏两眼一亮,"你有更好的建议?"

"失个恋就可以暴瘦了。"

魅苏无语。

"科学验证过的,你可以试试。"

魅苏不怀好意地说:"那男神借我用用?"

安然瞬间想起洛子琰那张没什么表情的脸,她说:"拿去,不谢。"

魅苏不相信自己这么好运,"周安然,你要是被他知道这么说,会死得很惨。"

安然站起来头也不回地往房间走去,"如果你让他知道,我觉得你会比我死得更惨。"

16

好不容易熬到中秋跟国庆两周的长假,魅苏建议去北京天安门看人海,丽丽建议去长城看人海,而周安然哪儿都不想去,她只想利用休息时间好好在床上躺着。

以前总是工作,加班,躺在床上的时间都想着工作还没做好,有愧疚感,如今好不容易放长假了,还不好好把没睡好的觉补回来,真的有点儿对不起自己啊!

谁知魅苏的计划只落实到一半,家里便发来消息说组团来北京看她,她的脸顿时拉了下来。丽丽见状,问她怎么了。

她说:"你不知道,我哥哥跟嫂嫂去年生了个孩子,如今孩子一岁多,还有我父母,加起来就五口人,你叫我怎么接待他们?每个月我是有寄钱补贴他们,他们也以为我在北京混得很好,可是你看看,咱们住的地方连个像样的客厅都没有,来了住哪儿?"

安然说:"要不住我房间吧,我空出来给他们住,可也不够啊!"

魅苏感激涕零地说:"那你去哪儿?"

安然想了想,"我回家,我爸说他好久没见我了,我也该回去混吃混喝几天，让他老人家安安心。"

魅苏差点儿抱着安然转起圈来，随即她又开始愁了，"你的房间给了我哥嫂，可我父母呢？看来只有我睡客厅，把我的房间让给他们。"

丽丽同情地拍了拍她肩膀，"我也想帮你，可我没地方去，要不你来我房间睡好了，刚好把你的房间空出来给他们住。"

魅苏感激地说："要怎么感谢你们呢？"

丽丽与安然异口同声地说："千万不要以身相许就好了。"说完相视一笑。

结果魅苏父母来的那天，安然叫子琰派车去机场接他们，第一次来北京，必须要让他们有宾至如归的感觉。

丽丽在群里说："千万别住习惯了。"

安然在回家的路上看见信息，回了一句："住习惯也行，交房租我没意见。"

丽丽说："你没原则。"

安然拿着手机抿嘴笑了笑，快速打出几个字："彼此彼此。"

丽丽说："你没底线。"

安然说："要不叫洛子琰把他们送回家？"

丽丽说："安然，你回来得给姐姐带点儿好吃的。"

安然说："这换台也换得太快了。"

安然正等着对方回复，却不巧听见有人说："一个人回家？"

声音好熟，好像哪里听过，回头一看，见洛子琰坐在她后面。好像早就知道他会在一样，她说："子琰哥哥？好巧啊，你也回家吗?"

可他们的家早已经不在一起了,子琰出国后,他父母便把祖屋出售,如今他家住在繁华区的高层,而安然,自从父母离婚后,那房子也卖了,如今她跟父亲住在郊区。

他回答:"公司有任务,我要去那边采访一个人,你呢?"

"我回家。"

"待多久?"

"大概一周吧,不一定。"

"那边有什么好吃的吗?"

安然想了想,"有些农庄的鱼跟蔬菜挺新鲜的,还有他们自己种的水果可以试试,算是本地的。"

他说:"有没有番石榴?"

"有吧,现在还是季节呢。"

"有空陪我吗?"

安然一愣,搞不懂他到底是来工作还是来玩儿的,"有吧,不过,你确定是来工作的吗?"

"也可以顺便度假。"

车子颠簸,没一会儿洛子琰就靠在椅子上睡了过去,也不知道他是闭目养神还是真睡了,他的感冒好了吗?刚刚听他的声音还有些鼻音的。

此时窗外的夕阳照在他的脸上,那脸干净透明,让人想起婴儿,她轻声呼唤他:"洛子琰?"

他睁开眼睛,"嗯?到了吗?"

"你感冒好点儿了吗?"

"吃了你买的药好点儿了。"

其实今天相见除了惊喜也挺好的,没有阴晴不定,两人也没有再发生不愉快的事情，总的来说，这次旅途她还是挺满意的。

下车的时候他帮忙提行李，她走在前面，到一栋大宅面前，安然站定，"我到了。"

洛子琰把行李递给她，"那我就不进去了。"

"嗯，电话联系。"

洛子琰走后她才按门铃，叶嫂出来开门。叶嫂是从小看着她长大的，心疼她没有亲娘在身边，所以事事照顾她，跟安然的关系比其他人跟安然更亲近些。她双眼一红，"安然，你回来了。"伸手就来接她的行李。

"叶嫂，一切都好吗？"

"挺好的，安然，你瘦了。"

安然笑了笑，"工作比较忙，没什么时间休息，这不是回来吃叶嫂做的菜嘛。"

"老爷说你如果做得辛苦就回来帮他的忙，他也缺人。"

安然安抚叶嫂："我会考虑的，不过我现在好饿啊，有什么东西可以吃的？"

叶嫂边放行李边说："知道你今天回来，我专门做了你最爱吃的荷叶鸡。"

在北京这个地方能吃到荷叶鸡真的是不容易，安然感到很幸福的同时，手机进来一条短信："晚饭后去河边走走？"

她问："哪里有河？"

洛子琰说："你到那里就知道了。"

这明明是她的地盘，怎么他一个海归比她还要熟悉？

17

晚饭后周安然去洗澡,洗澡的时候放在洗手盆边上的电话响了,她推开浴室门伸手去接,对方问:"在干吗?"

她回答:"在放飞自我。"

对方明显一愣。

她又补充了一句:"洗澡……"

他没忍住笑出声来,过了几秒才说:"我在楼下等你,你不用着急的。"

她乖巧地应了一声:"好。"

下去的时候看见洛子琰正抬头看着天上的月亮,这里清幽安静,比市区更招人喜欢,如果不是不想见到继母,周安然会经常回来住住。

洛子琰见她下来,站在那儿微笑着等她走过去,然后顺手搭上她的肩膀。

自己平时比较宅,根本不知道附近变化那么大,步行三十分钟不到便有一条河,河水说不上清澈,但至少河道两边加了用水泥砌的过道,上面铺了木板,让人走在上面很舒服。

沿途也有路灯,不会显得幽暗。走到中间的一个公园,很多人在里面游玩,经过一个树叶比较茂密的小树林时,安然听见有声音,她拨开一束挡着她的树枝,映入眼帘的是一对情侣在纠缠热吻。

她羞涩地转过头去,手一松,树枝打在另一根树枝上,啪的一声细响，里面的人自然是听到动静，"谁？"

安然想说："警察，举起手别动！"可洛子琰快一步捂住她的嘴，连拖带拉地把她带离现场。

他的胸几乎是贴着她的背，她可以感受到他的心跳，这么一来，比刚刚差点儿被人发现还要紧张。

洛子琰站在她背后，脸靠得又近，气息直接喷在她的脖子上，她假装淡定地说："你有话要跟我说？"

洛子琰感到自己似乎败得一塌糊涂，此情此景，她居然还可以这么冷静地问出这么没良心的话，那他带她来这里是干吗的！看着周围一对对牵手搭肩的情侣，她就真的没发现什么吗？就算没发现什么，也不应该把这次约会当成普通约会啊，他还是个病着的人。

他低头假装不经意地亲了她脖子一下，"真香。"这是洛子琰感到最自然不过的事，也是最神圣的事。

当晚安然跟她们在群里聊起小树林的事，她们一致认为如今的男女都太奔放了，她们也不要坐以待毙，主动出击，要不然好男人都该有主了。

安然抚额，暗忖，不是应该更洁身自爱才对吗？

安然回去的时候一直想起脖子上的轻吻，这种亲密无间的事还是头一次。回到家的时候，爸爸正在客厅打电话，安然抬头跟他打招呼的时候的目光让他一震，似曾相识的目光，他拿着电话竟愣了一下，因为他从安然身上看到"惊艳"两个字。

安然跟他打了声打呼就走了，脚下生风连蹦带跳的，他暗叹，到底是长大了。

欢乐的时光总是过得比较快，洛子琰白天工作，晚饭后约安然出去，要不就去看电影。在电影院里，安然看着他喜欢看的电影，努力让自己看懂的同时在想，直男都是这么直的吗？

实在熬不住了，三番四次都在钓鱼的状态，最后终于倒在洛子琰的肩膀上睡了过去，洛子琰轻轻调整了一下坐姿，让她睡得更舒服一点儿。

散场的时候，他不得不叫醒她，她揉了一下眼睛瞬间坐了起来，"散场了啊？"

他看着睡眼惺忪的她宠溺地笑了笑，"下次跟我说你想看什么电影，迁就你。"

她打了个哈欠，"可我不想你倒在我肩膀上睡觉啊。"

碍于在外面他才忍住没有放声大笑。

回到家打开电脑看见表姐在线，好吧，其实微信找她一样的，但QQ她没隐身啊，于是她主动问表姐："你说如果看电影的时候睡在一个男人身边，口水还流在他的衬衣上，但他没有生气……"

表姐说："应该是对那女生有意思吧。"

安然说："我就是那女生。"

表姐说："一点儿都不意外。"

安然说："为啥？"

表姐说："你人见人爱啊。"

安然无语。

表姐说："话说，是哪个男生？不能总闻楼梯响不见人啊。"

安然说："还没到时候。"

表姐说："你是认真的？"

安然说："算是认真的吧。"

表姐说："怎么叫算是？"

安然说:"你好无聊啊表姐,怎么不找个男人拍拍拖?"

表姐说:"拍拖累死了,整天想着他到底在干吗,有没有想我,怎么不打电话给我,难道要我先去找他吗?等等,才不要呢。"

安然说:"也有甜蜜的吧?比如,你等他电话的时候,他的电话就来了啊。"

表姐说:"完了,你完了,安然,以前你不会说这些话的。"

安然说:"以前我是怎样的?"

表姐说:"以前你都是很直接的。"

当晚表姐又被拉黑,一周后才被放出来,不过她也习惯了,不是还有微信嘛。

这一周安然与洛子琰看了三场电影,吃了一顿饭,去了两次公园,然后时间悄无声息地逝去。

回到市里的时候,魅苏与丽丽已经把租住的地方搞干净,并把魅苏的家人送了回去,而且在家里备好安然爱吃的菜。

安然看着这满桌子的菜,她想了想,淡定地说:"有什么事可以帮到你们的?"

"明天上班的事……"

魅苏阻止丽丽说下去:"没,就是替你接风,这么久没见怪想你的,还有啊,我爸妈与哥嫂十分感激你让出房间以及派司机接送,总之,这杯我先干了。"

安然应了一声,拿起筷子吃了起来,也没看丽丽欲言又止的表情。

明天就要上班了,丽丽心里着急啊,可又能怎样。看安然一副心不在焉的样子,她慌了,也不知道慌什么,好像安然没把她的事放在心上。

被她猜中了，安然真的把她的事忘得一干二净，现在安然满脑子都是洛子琰。吃完饭，按常规一般都会收拾好碗筷去洗碗的，但现在她拿出电话给对方发信息。

洛子琰还在工作中，但看见她的信息拿起电话就回："有事？"

安然说："没有，就是想问问你，明天中午有空一起吃饭吗？"

子琰说："有，我到你公司找你。"

安然说："晚安！"

不知为什么，她莫名其妙心跳加速，脸颊发热，她知道自己一定是脸红了，长这么大，好像是第一次约男生吃饭。

这条信息对洛子琰来说就像石子砸在平静的心湖上，激起朵朵浪花，他觉得自己被撩了，可他又好喜欢这种感觉，感激祖国，感谢十一国庆长假，让他有机会走进安然的心。

18

午饭时间到了，安然打算跟魅苏、丽丽告个假，因为洛子琰等一下过来找她吃饭，毕竟自己只有一个真身，实在分身乏术。

丽丽见她走过来，说："我减肥，午餐一杯柠檬水与一个苹果，你自便。"

魅苏更是拿着包从她们身边飞奔而过，"中午我要出去做兼职，你们就不用等我了。"

之前就听说她家里有点儿事，因为某种原因她可能会去做一份兼职，没想到时间过得那么快，她真的已经走上做兼职这条路。

安然略一皱眉，问丽丽："知道她去做什么吗？"

"好像是去咖啡厅帮忙，也就一个多小时。咖啡厅现在是人流高峰期，缺人。"

安然点头，这时电话进来一条信息，打开一看，是洛子琰发来的："我在你公司门口。"

她回："马上出来。"

丽丽见早上的选题通过，心情大好，"快去吧，别让帅哥等久了，话说回来的时候可以帮我打包一份蔬菜沙拉吗？"

安然拿起包把手机塞进去，"加大份的。"

丽丽举起双手，"安然万岁。"

目送安然离去的背影，丽丽连忙打开电脑搜索：吃素是否能减肥。

安然在门口看见洛子琰靠在墙上，双手插在裤袋里。见她过来，他便问："喜欢吃什么？"

"日本菜？"

他建议："不如去吃泰国菜。"

她郁闷，不是你问我喜欢吃什么的，怎么又替我做主了。

见她闷闷不乐，自然知道她在想什么，他解释："日本菜凉，女人吃多了不好。"

"嗯？"

"泰国的冬荫功挺好吃的，你试试。"

她应和："好。"

到了街对面的泰国餐厅，她选了一个比较安静的地方，坐下后所有的淡定似乎被紧张代替，她左顾右盼，掩饰自己的心慌,"你那套书是不准备得差不多了,我已经开始约作者了。"

他给她倒茶,不慌不忙地说:"不急,我有几个作者人选,你这边凑齐就好。"

听他的语气,这套系列书他似乎早已胸有成竹,找她只不过是拉她一把。

对洛子琰来说,如果对一个人好,真的可以在某些事情上帮她,因为这样他会觉得自己有存在的价值。他知道自己这么多年从来没有忘记她,也知道再也不会有第二个人让他惦记那么久。

其实周安然知道他心中所想,正因为如此,更对他添了几分好感。

她问:"你这次回来不会再回去了吧?"语气中隐隐透着担心,是的,她担心自己付出感情后,他又要回澳洲。

"嗯,不会再回去了。"

周安然的心仿佛安定了一点,她看着他,眼中隐约闪着光,"一言为定。"

他笑了笑,心情放松,"什么时候骗过你?"

看到他笑得那么开心,她也不自觉地放松,随口说:"我妈好像知道你回来了。"

"周妈妈一直跟我妈妈有来往,知道也很正常。"

安然垂头,"她问国庆节那几天约我出去的人是不是你。"

他挑了挑眉头,"哦?你怎么说的?"

"我没有隐瞒。"

"很好。"

"嗯?"什么叫很好?

"我的意思是,早晚也是要见家长的,早点儿让他们有心理准备也挺好的。"

"啊?冒昧地问一句,咱们现在是不是要跟他们解释一下?"

他笑了笑,"解释什么?"

"可是我们……"安然还想说什么,这时有两个人走过来,美女已经笑起来了,"子琰,这是女朋友吧,真漂亮。"

男的说:"你有女朋友也不早说,害得我差点儿把表妹介绍给你。"

洛子琰只是笑着点点头,一改以往酷酷的风格。

这顿饭吃得有点儿忐忑啊,安然都不知道自己到底吃了些什么,去了趟洗手间回来,洛子琰已经买过单,她突然想起什么,"我好像答应要打包一份蔬菜沙拉给同事的。"

"去楼下的必胜客打包吧。"

下楼梯的时候安然听见电话响,低头拿出电话的时候一脚踩空,洛子琰伸手把她扶住,嘴上没说什么,脸色发白。

过了一会儿,他说:"走路的时候好好走路,如果有电话停下来再看,不要一心二用。"

"看见你一直往前走,担心自己跟不上。"说得委屈极了。

洛子琰笑了一下,"小傻瓜。"

呃,真的是小傻瓜吗?怎么听出来满满的宠溺味道。

嗯,他今天笑得也太多了吧,不过他笑起来真的比不笑好看多了。

19

回到办公室的时候,洛子琰看见办公桌上有不少礼盒,其中不乏花胶、燕窝之类,他郁闷,"中秋节不是过了吗?"

曾伟说:"都是你的粉丝送的,办公室男神就是不一样,收的礼物都特别。"说完他自己都忍不住笑了起来。

"有空替我谢谢她们。"

曾伟挤着眉毛坏笑道:"你一个大男人也用不着这些东西,不如转送给我?"

"我觉得安然应该用得着。"看着曾伟一脸失望的表情,"下班后请你喝酒。"

曾伟的脸才阴转晴,"谢老大眷顾啊,刚刚是不是跟安然吃饭去了?"

洛子琰应了一声,便没再理他。

曾伟自个儿说下去:"进展如何?"

他转头看了曾伟一眼,"今天工作量很少?"

曾伟连忙说:"老大息怒,不过最后一个问题,我想知道你是怎么追到她的?"

"我们是发小。"

"怪不得,怪不得。"

曾伟跟他也算是好朋友,在他眼里,洛子琰家里有钱,根本不用上班,完全可以随着自己性子来做事,想度假就度假,想出国就出国,来去不就是几张机票的事嘛。他出国那些年,大家觉得他应该不会再回来了。只有他自己知道，这里有他的牵挂，或许那句"因为一个人爱上一座城"是对的。如果他是悟空，那周安然便是他的如来佛祖，自己怎么厉害都是逃不出她的五指山。

其实这次回来他也没把握，这么久没见，不知道安然会不会变了，还好她没变，自己呢？为什么每次见到她的时候都显得那么被动？哪怕只是想起她的名字，脑子就开始停止转动，他会情不自禁地想，她在哪儿，在干吗。难道这就是传说中的爱情？

被爱情之神射中的周安然第二天一大早随着学生队伍排队买早餐，看见那些神采奕奕的孩子背着沉甸甸的书包，她忽然有点感慨，他们长大后知道未来不过如此，也要早起床排队买早餐，也要赶公交地铁去上班，会不会觉得气馁？

她拿起电话，给洛子琰发了条信息："想吃什么？"

对方秒回："白粥油条。"

她问："我拿回公司，你在哪儿？"

他回："十分钟到公司楼下。"

在公司楼下等他的时候，周安然注意到脚步匆匆的上班族穿着正装，拿着咖啡，化着淡妆，神采飞扬地从她面前走过，路过她身边的时候还能闻见香水味。

百无聊赖中，她给表姐发信息："化妆麻烦吗？"

表姐说："熟能生巧，我跟你讲，这个化妆一点儿都不复杂，只要你用心学，保准你两天就学会。"

安然说："还是算了，听说化妆品多少都带点儿铅，我不想中毒。"

表姐不死心地说："那是以前，现在的化妆品都要经过检测的。"

安然说:"长得好看不如化得好看?"

表姐说:"就是这么说来着,其实我可以免费送你一套化妆品,不过你为什么突然想要化妆?"

安然说:"没有啊,我就是问问。"

表姐说:"是不是拍拖了,觉得化妆更能讨男人欢心?"

看着刚走进大堂的洛子琰,阳光洒在他身后,他高大挺拔的样子足够迷倒一堆女人,安然不禁感叹:"我是上辈子拯救了银河系?"

刚好有一位同事听见,她笑着问:"安然,有什么好事分享一下?"

安然关上手机对同事笑了笑,"也没什么,你先上去吧。"

同事也没在意,待同事走了之后,她把粥与油条往前一递,"给。"

洛子琰接过,顺口问:"什么时候搬到我那边去?"

"啊?"这是不是发展得有点快啊。

"如果不方便,当我没说过就好。"他也十分忐忑,从来没有说过这种话,没想到随口说出的时候又是那样自然,她不会以为他是个花花公子,随随便便邀请女生搬过去跟他一起住吧?唉……要命了。

安然心想,你明明说过,我怎么当你没说过?

回去的时候,大家都对她客气地笑着。电梯门快要关上的时候,曾伟一个箭步冲了进来,"还好赶上了。"边笑边对安然说,"嫂子,早上好。"

安然回他一个笑,暗想,都公开了吗?大家都知道我们俩的事情了?要不否认一下?偷瞄了站在旁边的洛子琰,看他默认的表情,她发现自己连反抗的力气都没有。

回到办公室,丽丽、魅苏过来拿早餐,还是魅苏发现她有点儿不对劲儿,问她:"怎么了?没睡醒?"

安然回过神来,"没,我好像不经意间完成了某件事情。"

丽丽咬着豆沙包说:"你是说选题的事吧?经你一说,全都批下来了,接下来我们都是有事情忙的人了,真是太感谢你。"最后一句是压低声说的。

魅苏白了她一眼,"你就这点儿出息。"

安然见她们都曲解了自己的意思,也没打算更正,就这样吧,跟她们聊天歪楼是常有的事情,于是点点头,"你们要加油哦。"

丽丽实在没心思聊天,叼着半个包子坐回自己的座位,一口包子一口豆浆地吃了起来,手上已经开始工作,魅苏见状也不多说,麻溜地回到自个儿的工作岗位上,办公室一片和谐的样子。

20

办公室的八卦新闻大概都是从茶水间传出来的,周安然去冲咖啡的时候听见有人在聊她,"你知道不,原来周安然背后居然有大集团撑腰,我说她怎么从一个新人突然越到我们头上,看她年纪轻轻的样子,工作经验肯定是不够的嘛。"

另一个说:"难怪,我说怎么最近领导看她的眼神都不对,原来是这样,快来说说,她是集团公司的谁?"

"听说是一个海归回来的男人,不过具体那男人是什么背景我就不清楚了。"

"听说的未必是真的啊?"

"都有人看到她跟他吃饭了,还有,今天早上她就给他买的早餐,不会有错的。"

有人叹息:"所以说啊,工作再努力,能力再强又能怎么样,还不是比不过人家皇亲国戚。"

安然拿着杯子准备退回去,不料撞到后面的魅苏,魅苏冲上去就说:"你们什么都不知道就在这里乱说,那男人是安然的男朋友,安然是凭实力爬上来的,总经理都没意见,你们在这儿胡说八道?我是你们啊,有时间就多想几个选题,争取过稿,眼看就要到年底交成绩表了,莫非你们想过完年回来后找工作?"

那几个同事面如土色灰溜溜地走了,经过安然身边的时候低声说:"对不起安然,我们不知道那个是你男朋友。"

安然感激地对魅苏说:"谢谢你,魅苏。"

魅苏手一摆,"哈,客气什么,要朋友是干吗的。"

安然给她冲了一杯咖啡,"多奶少糖。"

"你啊,遇到这种事就应该跟他们说个明白,要不然这种谣言会越传越离谱。"

安然笑了笑,温婉地说:"不是还有你嘛。"

"你还是要学会保护自己比较好一点儿。"

还没到午饭的时候,洛子琛给她发信息:"中午我跟领导出去吃饭,有事给我打电话。"

安然回他:"没事,你吃多点儿。"

他回:"我订餐给你吧,你就别出去吃了。"

她以为他只是订了一份,结果快餐送来的时候还有魅苏与丽丽的。魅苏拿过快餐袋的时候瞄了一下上面的字,"哇,是兴隆酒家,那家东西特别好吃,你怎么知道我最近忙着做兼职都没好好吃饭的?"

安然也不知道他去的是兴隆酒家。

丽丽却说:"妹夫人真不错。"

这时有人过来,"好香啊,这家的饭菜就是香,你们慢慢享用。"

魅苏点头,"不用吃食堂的饭真好啊。"

安然嘀咕:"千万不要吃习惯了。"

丽丽边往嘴里塞饭菜,边问:"你说什么?"

安然说:"没什么,你慢点吃,别噎着。"

吃完饭后,她觉得有必要给他回一个信息:"饭很好吃。"

"你喜欢就好。"

"谢谢。"

"不客气。"

魅苏剔着牙过来,"我说安然,这样的男人真是仅限天上有,你得抓紧了。"

"可……"

"别怪我不提醒你,你稍一松懈,估计就被别人抢去了。"

安然叹气,他是人,不是物,他不愿意,你还能霸王硬上弓?

丽丽不知道从哪儿冒出来,捂着心脏突然轻叫一声:"一想到他冷酷的外表下是一颗温柔的心,我的心就忍不住快速跳动。"

安然抿唇笑了一下,"你就没有心如止水过吧?"

"只有遇见他,想他……"

安然实在不想再瞒下去了,"是这样的,他叫洛子琰,他说他喜欢我,我也不讨厌他,于是我们就在一起了。"

魅苏挤了挤眼坏笑道:"在一起是几个意思啊?"

安然想了想,说:"嗯,就是搂了,抱了,牵手了。"

丽丽不放心,"没亲?"

"额头算不算?"

魅苏与丽丽对视一眼,然后异口同声地说:"恭喜你啊,安然。"

其实在茶水间的时候魅苏就那么随口一说,如今他们真的在交往,那情况又不一样了。她俩都是安然最好的朋友,从大学开始的友谊,四年不散,在工作与生活中朝夕相处,感情自然是不一般的,所以是真心替她高兴。

安然习惯了喜怒不形于色,所以表面也没多大变化,只是心中起了波澜,这一刻到底是感动的、温暖的,值得被记住的。

好男人从来是被惦记的,当洛子琰悄悄为安然她们叫外卖的时候,被公司的一名同事看见,对方笑着说:"给女朋友打包?"

他略显尴尬,"这酒店的饭菜挺好吃的。"

本来他就不爱说话,但不回答似乎不太礼貌,于是他便给自己解释了一下。

对方拍了拍他肩膀,"好吃就下次单独带她来吃。"

他谦虚地说:"是。"

对方是长辈，资历深，但遇到这么懂事乖巧的晚辈也是心生欢喜的。

席间倒是对他挺照顾，他身在饭局，可心却在安然那里，看着满桌饭菜却暗叹自己定力不够，竟然做起叫外卖这种事情来，幸好没亲自打个电话过去问饭菜到了没，是否合胃口。

当他收到周安然给他发来的信息时，又像放下一块儿大石头。这像过山车一样的心情让他有点儿手足无措，他到底怎么了，是病了还是鬼迷心窍？

好吧，肯定是继军训、团建、上台自我介绍之后，又一个不解之谜。

21

今天是杜一出国的日子，安然一早起来给他发了一条信息："一路平安。"

他回："你会来送我的吧？"

安然回："对不起，最近工作比较忙，可能没法抽空过去。"

杜一回："没关系，到时候你过来度假，我接待你。"

安然回："好，一言为定。"

安然最近真的很忙，天刚亮就准备起床，明明定了六点半的闹铃，很多时候闹铃没响人就醒了，忙到连午饭都是匆匆在办公室解决，甚至有好几天没见洛子琰，都是买了早餐放在门卫那里，洛子琰自己拿上去吃，她不想浪费时间在等他拿早餐这种小事上。

工作再忙，也得停下来喘口气，停下来的时候一个人也会陷入沉思，一回头发现自己只是十分享受这种状态，她形容这是单纯性发呆，完全性放松精神。

周五下班的时候洛子琰约她一起共度晚餐，她看了看手上的工作，觉得生活跟工作是两回事，应该分开才行，于是答应了他的约会。

他是真的来约会的，穿着深色西装与擦得发亮的皮鞋，相比她的球鞋、牛仔裤、T恤，确实是有点儿隆重。

她问："我要不要回去换件衣服？"

他看着她抿嘴一笑，"这样就挺好。"

他们并肩走进去的时候听见一个三十多岁的大姐姐跟她朋友说："如果我晚生几年就倒追他，不惜一切。"

她抿了抿唇想说什么，最终什么都没说。

坐下来后仍然见那大姐姐往这边瞄，她忍不住跟洛子琰说："她一定以为我是你妹妹，你要不要跟她解释一下？"

洛子琰眼角眉梢都带着笑，他说："要不你去？"他忘了她是一个与众不同的人，她真的站起来走到那位女士身边，自我介绍之后便说："我不是她妹妹。"

那女士也是见过世面的人，她点头说："看得出来，你们俩长得也不像。"

洛子琰叹了一口气，走过去抱歉地说："真不好意思，打扰您用餐了，她是我女朋友。"

然后在听到一声哀号之前迅速拉着周安然离场，走到门外，周安然问："干吗跑得像偷了东西一样？"

"安然，你别想太多。"

安然点头，"嗯，不过那位大姐真的不会再说什么了吗？"

"那是人家的事。"

其实她只是觉得那大姐太多管闲事，所以才出手教训，她知道自己看起来多么平凡普通，可普通人也是有精彩的灵魂的。虽然她对自己的样貌不在乎，指不定洛子琰在乎。

魅苏发来微信："安然，有人看上你男友了，还打赌说谁先追到你男友就给对方一千红包，我赌她俩谁都追不上，这样就可以收两千元。等我拿到钱，请你吃好吃的。"

安然才发现，自从洛子琰来到大厦办公，那些姑娘就像吃了迷魂药一样双眼放光，身姿曼妙，从穿衣打扮到谈吐无不经过练习，就连办公室从不打扮的小许也涂了唇膏上班。

她与洛子琰出双入对，很多女人都自欺欺人地认为他们走在一起是工作需要，知道他们在半年内要出一套系列书，所以平时出入只不过是为了工作。

直到有一天，丽丽见洛子琰又倚在安然办公室门口等她的时候，漫不经心地说："妹夫，又来等安然下班啊？"

一句话在走廊回荡许久，就连在外面等电梯的同事都听见了，而洛子琰迷人的嘴角居然动了动，"要不送你们回去？"

丽丽当然很开心，不用挤地铁，连忙答应："我可以给车钱。"她是心甘情愿这么大方的，毕竟洛子琰开的是豪车。

魅苏也出来了，打趣她："谁要你的钱啊，人家是看在安然的分儿上顺路载你。话说，妹夫，你的车后面是有两个座位的吧？"

洛子琰点头，"你也一起。"

自此之后，办公室那堆女人像是丢了什么一样，神情黯然，目光呆滞。魅苏真的拿到了那两千，当然，对方认为她知道内幕，又鉴于愿赌服输的原则，只给了她一千六百元，她决定下班后，几个姐妹出去好好撮一顿。

午饭的时候，安然跟丽丽、魅苏还是选择了公司食堂，虽然很忙，但饭还是要吃的，在电脑面前吃多了怕消化不了，就当是忙里偷闲吧。

安然悄悄问她："这事没被他知道吧？"

"他不会知道的，我保证不会说出去。"

"那就好。"

洛子琰拿着两杯奶茶过来，随手给了安然一杯，"在聊什么呢？"

安然忽然叫了一声，"我最爱喝的珍珠奶茶？"

魅苏又不笨，自然知道她转移话题的原因，她叹了一口气说："有人喂养的感觉很好吧？"

安然问洛子琰："介绍个兄弟给她？"

魅苏大吃一惊，"别，我就随口一说，等我有喜欢的人再说吧。"

这时丽丽也拿回来饭，她一坐下就忙着擦汗，"不是都过了十月，怎么还是这么热！"

"要不平时少吃点儿辣椒？"

丽丽转头问洛子琰："妹夫，你平时吃辣椒的吗？"

那一刻，洛子琰想，我招谁惹谁了。

总之，周安然与洛子琰拍拖的事传开了，而丽丽却一副事不关己的样子，安然实在拿她没办法。

主要是妈妈打电话来了，"囡囡啊，你真的跟那臭小子在一起了？"

得到肯定答案之后，她又说："不枉他小时候我对他那么好，这孩子不错的，懂得投桃报李。"

安然心里想，什么跟什么啊！

本来她是一个喜欢安静的人，如今哪怕是她一个人独处，电话也是不断地响，就连爸爸都打来电话说："安然啊，子琰这孩子很不错，你嫁给他我不反对，你们什么时候结婚？爸把市区那套房子给你们做婚房，另外再加两百万嫁妆。"

安然吓了一跳，结婚？现在的人都这么着急吗？

紧接着表姐的贺讯来了："安然啊，什么时候生孩子啊？"

22

待丽丽终于知道因为自己多嘴而导致安然的生活受到打扰的时候，已经距事情发生一周了，魅苏看着安然的脸陷入沉思，丽丽有点儿小惊慌，"你说她不会怪罪于我吧？"

魅苏说："有时候管住自己的嘴比管住自己的身体还重要。"

"我也是一时激动嘛，你知道，看见帅哥我就口不择言了。"

"这不是借口或理由。"

丽丽反思了一下自己，确实是，安然与洛子琰谈恋爱的事情不想被那么多人知道，之前就曾叮嘱过她们的，可她转头就忘了，她愧疚地说："我错了。"

相比丽丽的莽撞，魅苏十分冷静，她说："跟我说有什么用！"

她走到安然的房间，看见安然坐在书桌前，面前摆着一本书，可半天都没翻一页，她对那个呆坐的人说："养兵千日，用在一时。"

安然抬起头，"你什么时候进来的？"

丽丽难得正经，摆摆手，"这不重要，重要的是你没事吧？"

"我没事。"

魅苏在门口说："好了，这开场白可以扯到明天了。"

安然问丽丽："找我有事？"

丽丽咬了咬牙，一跺脚，"我错了。"

安然合上书，叹了一口气，指了指空着的一张椅子，"坐。"

丽丽咬着唇，"不敢。"

安然觉得吧，本来是两个人的事，又是刚开始，感情也不太稳定（毕竟在一起的时间不长），这么快公告天下，万一他俩分手了呢？这会白白给别人增加茶余饭后的笑料。

魅苏见场面有点儿僵，连忙出来打破僵局："你们想吃什么？我请客，之前不是赢了一千六嘛，随便花。"

见她都这么说了，安然便说："我现在不想吃什么，明天吧，明天咱们三个出去好好玩儿一天。"

丽丽兴奋地接上，"那就去故宫吧。"

魅苏打趣她："你是有多爱故宫啊？"

"最近不是流行宫廷剧嘛，我就想着古代的女人被红墙围着到底是一种什么样的感觉。"

"听着鸡皮疙瘩都起来了。"

安然在一旁听着,反正她经常插不上话,倒乐得清闲。

第二天去故宫玩儿的时候碰上几个同事,丽丽跟她们打招呼:"好巧,你们也在这儿呢。"

相互寒暄后,其中一个同事拉着安然到一旁说:"安然啊,看不出你平时不声不响,大家都以为你还没长开,结果你连男朋友都有了,快跟姐说说你是怎么做到的?"

"此事一言难尽。"

对方说:"我有时间。"

"可我今天是出来玩儿的。"

对方明显受到了打击,她看安然一个文静的女孩应该很容易被她带着走才对,没想到对方似乎并不想搭理她,"我是不是打扰你了?没关系的,你啥时候有空我就有空,我等你。"

安然突然感到头疼,早知道还不如去吃一顿好吃的。

魅苏又来救场,她拉着安然微笑着问:"在聊些什么呢?"

安然说:"我们在聊怎么把一个男人追到手。"

魅苏人畜无害地笑着,"哦,这样啊,我记得是妹夫追的你啊。"

旁边那同事听完实在不好意思待下去,借口前面有朋友走了。

魅苏神秘地对安然道:"外面已经在传你有妖术,把唯一一个大帅哥拐走了,我估计现在她们的包里都放了驱妖符。"

"好夸张。"

"还有更夸张的,说你是披着人皮的狐狸精,专吸男人精血。"

安然点点头,"你不怕?"

魅苏夸张地跳开,"我怕什么,跟你那么久还不知道你是什么人吗?"

这时一个扛着冰糖葫芦的男人经过,安然问:"要吃吗?"

魅苏一愣,"冰糖葫芦?"

安然微笑,"不然呢?"

于是她们三个一人一串冰糖葫芦,边吃边看人海。丽丽说冰糖葫芦就应该在故宫吃,这样才更有感觉。

这姑娘入戏太深,已经到了走火入魔的地步。

果不然,逛完故宫回来,丽丽便手滑点进一个摄影广告的小程序,脑残地交了订金。

事情是这样的,朋友圈经常有那种拍照片的广告。有一次她手贱点进去预约,不到半个小时客服便加了她,她又手贱地给了订金,满心欢心地等着去拍摄宫廷照。

到那边一看,招待说最好先定套餐,现在她定的套餐是不包含底片的,而且只有六张,升级套餐会有很大的折扣优惠,于是她又升级了套餐。

事情还没结束,到选片的时候,看见这张好看那张也好看,再怎么狠心删照片都会比预期多个十来张,陪她选片的小姑娘说:"要不这十来张都保留下来,难得拍一次艺术照呢!你想想化个妆等拍摄多不容易,拍了七个小时你都累了。现在拍出来那么好看,何不把这些都留下来?"

她悄悄看了看银行卡余额,牙一咬,"那麻烦你替我问问经理能不能给个最大的优惠,我也好做决定。"

就这样一步一步被套路，哪怕像丽丽这样步步为营，哦不，应该是省吃俭用的人，这么一折腾至少也花了两千多。

丽丽回来跟魅苏、安然一说，魅苏首先觉得她被骗了，她肯定地说："我现在最佩服的大概就是他们的策划了，搞一次活动，弄你个几千没商量。"

安然却说："吃一次亏长一次教训。"

魅苏点头，"也是，不拍的话你永远不会死心的。"

丽丽倒在沙发上哀号，"我半个月的工资没了，我的伙食费啊，我的房租啊，让我死了吧。"

"初一、十五我会记得烧纸给你的。"

23

本以为事情就该以他们公开关系告一段落，却不想有单身女孩子总是借故走到周安然身边，然后神秘地问她："说来听听，你是怎么做到的？"

"闭嘴。"

女孩一愣，"你不想说就别说，干吗那么凌厉。"

安然笑了，"你想学到什么，就得先从学习闭嘴开始。"

那女孩被吓得不轻，听她这么一说，连忙端正了态度，"那策略呢？"

"没有。"

这时有人过来，对方插嘴："省点儿心吧，要想从安然那里得到教科书是不可能的，而且目测，应该是他追的她，所以问了也是白问。"

其中一个女孩感慨："还是努力变成最好的自己吧,这种有花自然香的才会吸引蜜蜂来采啊。"

另一个女孩点头,"就是就是,像洛子琰那种角色,我可是连想都不敢想的。"

安然为人处事很稳重,很少有事情可以影响到她的情绪,但父母的建议让她开始不得不思考一些事情。

结婚是大事,对谁来说都一样,可是她才刚开始,不敢想象跟洛子琰一起回去见父母他会怎么想。

以前渴望长大,如今又希望别长得太快,唉,人都是矛盾的。

丽丽拿着半个火龙果给她,"厨房的灯又黑了,不知道是不是前几天烧掉了。"

安然说:"我去看看。"不知道她从哪里弄来梯子,打开厨房的天花板半个身子钻了进去,然后又探出头来,"应该是灯烧掉了,我去买个新的换上就好。"

不一会儿她就从外面拿了一个新的灯回来,断电后一手拿灯,一手剪开那些线,换上之后扣到天花板上,下来把总闸打开,灯亮了。

丽丽把那个西瓜塞到她手里,"真舍不得你搬出去。"

安然笑了笑,"不是还没走嘛。"

魅苏从浴室出来,"忘了跟你们说,晚餐不是我埋单的,原因是我去埋单的时候看见妹夫,就喊了他一声,他就把单结了。"

丽丽跳起来,"以后是不是叫妹夫就可以了?"

魅苏推了她一下,"想什么呢,你脸呢?"

安然在心里叹了一口气，默默走回房间，然后便收到洛子琰的微信："今天看见你跟朋友一起，公事在身没去打招呼。"附了一张安然笑得灿烂的照片。

安然回："偷拍？"

他回："这么光明正大地发给你，不算偷拍吧？"

安然回："没知会当事人的照片一律是偷拍。"

他说："早点儿休息吧。"

安然把手机调成静音，睡觉。

第二天上班的时候，看着各种交响曲在地铁上呈现，当前面那个大叔第三次把快手上的声音放出来后，她默默站起来走到门口，掏出手机，然后给表姐发了一条信息："你说我现在买辆小电动骑着去上班靠谱吗？"

表姐说："想都别想，小姨不会同意的。"

安然叹息后回："静静地挤地铁我是可以的，可是像赶集会一样在地铁上看各种视频，我会崩溃的。"

表姐说："话说那什么攻略的电视剧现在播到第几集了？"

安然哀号："我怎么知道。"

表姐回："你可以趁上班这段时间追下剧啊。"

安然回："随大溜儿？"

表姐回："也不是，就是单纯地找点儿事做。"

所以说，有什么事真的不能找表姐，她会把你拉到跟所有人一样的高度。

走出地铁，安然路过一家烧鹅店，看着新鲜出炉的烧鹅，掏出手机发到群里，说："中午吃烧鹅吗？"

丽丽秒回："要吃要吃的。"

魅苏说:"楼上的,你不是减肥吗?"

安然把手机放进口袋里,对着那个大叔说:"半只烧鹅。"

她拎着半只烧鹅在公司楼下碰见洛子琰,他问:"今天吃什么?"

"烧鹅。"

洛子琰感到脚下一个不稳。

她拿到办公室的时候,所有人都闻到香味,可是半只烧鹅已经分给洛子琰一个鹅腿,实在是不够分。

只见丽丽一手拿着鹅翅,一手拿着可乐,一口烧鹅一口可乐,实在豪放得很。

魅苏说:"怎么看着她有点儿惨得慌?"

安然静静地喝着即融豆浆,小口吃着鹅肉,没吃几块她便放了筷子,"我饱了,你们慢用。"

丽丽觉得太满足了,"减肥不是人干的活儿,放飞自我的感觉真是太好了。"

魅苏点头,"不能辜负美食与真爱。"

晚上下班的时候,因为考虑电动车的事情坐过了站,下来才发现这个站在洛子琰家附近。

她便走上去,一不小心就走到他家楼下,好巧他的车就停在她面前,车窗摇下,洛子琰在里面问:"找我?"

她如实回答:"坐过站了,就出来走走,好巧。"

"一起吃饭吧。"

安然坐上车的时候心里想,这不算是送上门吧?

24

他带她去了一个比较优雅安静的地方吃饭。下车后,他一改以往只搭住她肩膀的习惯,改为牵着她的手。他的脚步有点儿大,她几乎是小跑地跟着他,最后他发现自己走得太快,于是慢下来,改为搂着她的腰。

她的心怦怦地跳了起来,精神也开始有点儿恍惚,想说点儿什么,却发现此时此刻的她正处于口干舌燥的状态。待她回过神的时候,已经坐在餐厅里,抬头一看,四周环境十分幽美,十分适合情侣约会,为了掩饰心中的胡思乱想,她问:"你经常在这里吃饭吗?"

对面的人一愣,她瞬间意识到好像说错了什么,连忙又补了一句:"我就是随口问问。"

"我第一次来。"

"哦。"安然点点头。

对方似乎并没有发现她状态不好,点好餐他的手机陆续进来很多信息,他都是拿起来看一下,然后将手机调成静音放下。

"你好像挺忙,我们赶紧吃完回去吧。"

他突然俯身过来低声说:"去你那儿还是去我家?"

"嗯?"

当事人还没搞懂发生什么事,洛子琰已经在她嘴唇上轻啄一下,她还没来得及做出正常反应,他已经坐了回去。

"你……偷袭？"

他"嗯"了一声，看似不经意地说："你不知道，每次跟你在一起，我都希望时间能停下。"

"嗯？"

"所以不用赶紧吃完回去，我们不赶时间。"

周安然像被什么击中了心脏一样，感到呼吸有点儿急促，像是缺了氧，心脏还跳得飞快，还好饭菜很快上来，她连忙低头吃饭，不敢再看他，只是脸上为什么会有种火辣辣的感觉？

洛子琰见她红着脸吃饭，便不再打扰她。

一顿饭吃完，他恢复了绅士风度，拿起她的包，"我送你回去。"

一路上他们都没有再说什么，到了她住的地方，他突然说："再见。"

她回应："再见。"

他想了想，又说："不过我还是喜欢实际行动多一点儿。"

不容她有任何反应，他又俯身吻了她的额头，在她耳边轻语："晚安吻。"

看着她羞答答地跑上楼，他才掏出纸巾擦了擦手心上的汗，然后上车，给她发了个信息："早点儿休息。"然后一踩油门绝尘而去。

安然回到宿舍脸上的红云还没消，丽丽一看她进门便问："你喝酒了？"

魅苏从房间探出头来，"不喝酒，别人怎么会有机会。"

"你们想到哪儿了？"

魅苏难得严肃一回，说："对了，你说帮我买的那本书，买了没？"

"啊……我忘了。"

丽丽哈哈一笑，"原来你也有忘记的时候啊！"

没把事情办妥自然就要受到惩罚，本来下周是魅苏买早餐，结果又落到安然头上。

有人知道后发来信息："不想再吃烧鹅早餐，换白粥油条或豆浆油条。"

她回："可不可以面包换油条？"

某人回："不行，出国那么多年，唯有油条让我想起故乡。"

安然叹了一口气。就在她买完早餐回来的路上，遇见两个比她高一头的女子，其中一个问："你是魅苏的朋友？"

她回答："是，你们找她有事？"

其中一个高大女生凶猛地说："找你也一样。"

眼看就要动起手来，安然眼前一黑，一个身影罩过来，她本能地闭上眼睛，听见"啊呀"一声，洛子琰站在安然面前，背对着她，然后对那两个女生说："想打架？"

他刚准备进大厦的停车场，却看见这两个女人欺负安然，忍不住将车靠边一停，也不管后面的车在狂摁喇叭。为安然挺身而出，他感到荣幸。

安然探出头来，"我不认识她们。"

洛子琰好整以暇地看着那两人，对方似乎有点儿恼羞成怒，"可你跟魅苏是好朋友。"

安然走前一步，"一人做事一人当，你有什么事找她好了，你不敢找她反而找我，是觉得我好欺负？"

洛子琰对见方没有走的意思，便说："看来这事得到警察局解决了，你们这种行为至少拘留十五天以及罚款两千以上。"

那两人脸色一变，灰溜溜地走了，临走前还不死心地说："算你好运。"

洛子琰回头，看见安然拎着两袋早餐站在晨曦中，本是一片温暖的景象，可是安然的脸白得吓人，他问："被吓到了？"

她摇摇头，嗯，不能跟他说今天是来姨妈的第一天吧！除了脸色不好，她还隐约感到肚子疼，好像还在冒虚汗……

他伸手接过她的早餐，还没来得及说什么，只见安然倒下了，他拿着早餐的手空不出来，只好一个手抱着她，一个手拎着早餐，这场面有点儿尴尬。

"安然，醒醒，安然……"

过了一会儿，安然悠悠地醒了过来，"我在哪儿？"

他暗暗松了一口气，"醒了就好，你吓死我了。"从来没有人可以让他吓得半条命都没有，差点儿魂飞魄散，一点儿都不夸张。

"去医院看看吧。"

安然站直，"没事，就是有点儿低血糖。"

"包里有糖吗？"

"有。"

他快速打开她的包，拿出一颗糖，把糖递到她嘴边，"先吃一颗。"

"谢谢你。"

"跟我不用客气。"

她抬头笑了笑,"回去吧。"

他送她到办公室门口,临走前说:"明天开始不要去买早餐了,让她们自己去。"

"破坏规矩不太好吧?"

他想了想,终于说:"我陪你一起去。"

她问:"去哪里?"

他叹了一口气,她才明白他说的一起去,就是一起去买早餐。

25

公司搞企业文化活动,有时候就是借点儿名目花钱。安然最近身子懒,什么活动都不想参加,如果可以,就连公司的会议她都不想参加。

可是魅苏说担心她落单了又遇到坏人,到时候大家都在外地没人保护她。丽丽还得到一个十分可靠的消息,说楼上的集团公司跟公司合伙搞的团建活动,除了能增加同事之间的交流,还可以将一些单身男女凑在一起,算是团建跟某联谊活动一起开展了。

活动在郊外的一套六百平方米的大别墅举行,除了有指定的BBQ之外,还可以到小区的草坪上放风筝。

当然,别墅不知道被谁布置得像婚礼现场一样,门前还有一条红地毯,两边摆着鲜花与气球,椅子与桌子上铺了白布。丽丽与魅苏对本公司的同事倒不抱什么希望,只不过有集团公司的人参加，那就不一样了。

她们临出门前翻箱倒柜找适合穿去现场的衣服，一个选了浅紫色的仙女裙，另一个穿了超短裙，把一双长腿尽量秀出来。

安然在她们化妆搭配衣服的时候还悠闲地追了一集电视剧，出门时大家才发现，她还是T恤、牛仔裤。

魅苏问她："有主就不在意打扮了？"

"其实打扮得那么出众会引人注意，被人羡慕妒忌恨就不好了。"她说这句话是有根据的。据说那天早上拦下她的两个女人就是因为魅苏得罪了其中一人，虽然说那男人喜欢魅苏而不喜欢那个女人，但归根到底都是太出色惹的祸。

魅苏表示那是一个意外，她也十分冤枉，她根本不知道那个男人是谁。

安然正感慨树大招风的时候，洛子琰的电话到了，他问："在干吗？"

她脱口而出："准备出门参加公司的团建活动。"

对方沉默了一阵子，然后说："我以为你不会参加这种活动。"

他几个意思？为了先把自己撇清，她说："领导要求我务必出席。"

毕竟一个公司得有规章制度，她不去，别人又不去，这么一来不就把事情搞砸了？所以领导说了，除非很要紧的事情，否则不得请假缺席，务必准时到场签到，要不然就扣工资。

"嗯，那你不要喝酒。"

安然居然听到他在轻笑，她回答："好。"她可以对天发誓，她不是酒鬼啊，他干吗这么操心她喝不喝酒。

丽丽叫她:"宝贝,再不走我们就要迟到了。"最后一句用唇形说:"迟到可是要扣款的啊。"

她连忙跟那边说:"我要出门了。"

他说:"嗯,路上小心。"挂了电话之后才发现自己什么时候变得啰唆了,还隐隐有点儿不安,那天早上发生的事情让他有点儿胆战心惊,如果不是他及时出现,她是不是要被揍啊。

一开始以为安然交友不慎,后来才发现那个女人喜欢的男人喜欢上了魅苏,这什么狗血剧情!然后她自己不敢找魅苏,反而找上安然,安然就这样当了炮灰而不自知。

魅苏一路上对安然照顾有加,用她的话说,上次安然受的惊吓都是她的错,所以她要弥补。

安然本来觉得根本不关她的事,可她要端茶倒水,难道要阻止她吗?

到活动现场一看,每个人都神采飞扬,放飞自我,她默默退到一边,找个安静的角落,看着他们笑骂打闹。

正努力出神发呆,突然眼前一黑,一个身影挡住了她的视线,抬头一看,这个穿着休闲服的男人还挺帅的,不由得感慨起来,她问:"你也来了。"

其实办公室里一堆事,这个周末加班都弄不完,但他说:"我来看看你。"

她笑,"你看到了。"

他在她对面坐下来,"好久没见你了。"

最近大家都在忙,见面的机会少了。

她侧头想了想,"好像有五天吧。"

他凝视她的眼睛,不自觉地说道:"一日不见,如隔三秋。"

她瞬间感到心跳加速,而且还笨嘴拙舌起来,努力控制慌乱时,她问:"你喝吗?"把眼前的一杯橙汁递给他。

他顺手接过喝了一口。

突然他说:"有人跟我谈起杜一。"

"嗯?"安然心想,现在的人都这么八卦吗?

看她表情,他知道自己是多心了,他说:"我去拿点儿东西给你吃吧。"

安然点头,"烤翅可以吗?"

他回头宠溺地对她说:"可以。"

走开之后他才揉了一下太阳穴,不敢想象再跟她坐下去会说什么话来,是有人跟他提起过杜一,可是安然一直是一个人住啊。

那边的安然也十分头疼,这年代还真是人心难测啊,有人想她好,自然也有人想她不好,可杜一的事情自己做得很保密,没让谁知道啊?她看着最有嫌疑的丽丽与魅苏,安然想,不会是她们,如果是她们,也一定是无心之过。

得说明一下,她躲在角落不是多愁善感,而是完全不懂得怎么去应酬。

不可否认的是,他十分懂得照顾别人,只见他端着托盘回来,上面有水果、点心与烤翅等,她笑着说:"在外面留过学的男生就是不一样。"

他看了她一眼,"还有别的男生吗?"

她莞尔,忽然觉得男生小心眼儿起来也不容忽视啊。

26

洛子琰送周安然回去的时候,她说:"我爸想见见你。"

他问:"你什么时候有空?"

她在想,不是应该你什么时候有空吗?转念一想,原来他是在迁就她啊。

她说:"看你的时间吧,我妈……"

"我可以单独去见她。"

她便放下心来。

车停下来,他第一次送她上去,然后在关门的瞬间,他问:"你是担心我跑掉吗?"

安然一愣,随即一笑,"我以为你会担心我跑掉。"

他看着她的笑一时失了神,然后不自觉地俯下身去吻她,她本能地往后躲,他却伸出手扣着她的脑袋,四唇相接,安然突然明白这就是恋人之间的亲密行为。

他在她耳边喃喃道:"不许你对别人这么笑。"

不许?好霸道啊。

他捧着她的脸轻抚细啄,然后问道:"你什么时候搬过来跟我一起?"

她把头埋在他胸前,"我想等妈妈确定之后再说。"

他暗叹一口气,她还是像以前一样,有什么事情先咨询父母,待得到肯定答案再去做,她不忍心伤害别人,这是她的善良。

他伸手揉了揉她的长发，"那就抓紧时间安排吧。"天知道他已经等不及了。在国外八年没见她，那个时候他只能通过她的QQ空间来解读青春的悸动，他从来不知道喜欢一个人是怎样的滋味，但她让他手心冒汗，心跳加速。

她知道守护她的子琰哥哥回来了，可这次的碰触为什么会让她感到羞涩？她说："嗯，我问问他们什么时候有空，大家一起出来吃个饭吧，我想他们应该不会拒绝的。"

他轻吻她的额角，"早点儿休息，你看起来好像一直休息不够的样子。"

"嗯，偶尔会失眠。"

他走后，她依然闻见他留下的气息，类似香皂的清香，又像是男人独有的薄荷味。如果餐厅的初吻让她心神恍惚，那么今晚的吻让她波涛汹涌，她知道自己是渴望的，因为身体的本能反应骗不了她。

她发微信给表姐："恋爱是一种怎样的感觉？"

表姐说："你问对人了！以我不下十次的恋爱经验来说，应该是他在的时候渴望时间停留，他不在的时候又特别想念他，想起他的时候嘴角含笑，无论再忙都会抽空想他，记住他的喜怒哀乐，还有兴趣爱好，投其所好，大概这就是恋爱了。"

她又问："相爱呢？"

表姐说："那就简单太多了，相爱的话只会想着付出，从不计较回报。"

安然说："感觉……"

表姐说："应该是知道对方不会跑，自己也不会跑吧。"

果然是有经验的人，堪比教科书。

表姐见她没回，追问："你还没说那男人是谁。"

安然又潜了。

面对表姐发过来的"不道德""没礼貌"，她选择视而不见。

安然回到宿舍后没多久，丽丽、魅苏也回来了，丽丽一回来就说："你说那个曾伟一看见我就对我献媚，不会是看上我了吧？"

魅苏说："要不然会拉扯着你聊那么久？我看他也不是那么无聊的人啊。"

"听你这么一说好像又很有道理。"丽丽深思了一下，又问，"后来怎么没见安然？"

魅苏朝安然的房间看了一下，"估计早就回来了，她不喜欢这种活动，能出场已经很不错了。"

丽丽皱眉，"我也不喜欢，以前还好，有吃又有玩儿的，现在只感到累，一看见领导走过来就想逃，好怕他谈工作的事情。"

魅苏说："不谈工作难道谈感情？"

丽丽一见安然出来便跳起来，"安然，帮我问一下你男人，他们公司的曾伟人品怎样？月收入如何？"

"这样……不好吧？"

"有什么不好的！如果他真的追我，我当然要知道对方是什么人啊，要不然干吗浪费时间跟他拍拖！"

"查户口式的恋爱真的好吗？"魅苏也这么说。

丽丽摇头，"这你们就不懂了，婚后生活跟人品、经济都是有关的。"

魅苏大吃一惊，"婚后？"

安然笑，"那就是说你对他印象不错咯。"

丽丽微笑，"第一印象是不错的，体贴有礼，就不知道日后会怎样。"

安然说："那就从日后的相处中一点儿一点儿地去发现吧，这个旁人真的没法帮你，比如说他很适合做同事或做朋友，但他也不一定适合做男朋友或老公啊。"

魅苏也说："是啊，这个得当事人自个儿体会。"

丽丽似乎十分重视这件事，之后几乎一有空就追着安然问一些跟感情有关的问题，比如，什么样的男人有责任感。

安然跟她分析："责任感分很多种的，一个男人在工作上一丝不苟，做事有头有尾，有担待，敢承认错误并积极改正，这些都是责任感。如果对父母有孝心，定时给家用，也算是有责任。吃饭埋单，节日送礼，这些只是表面，算不得什么责任心，但也算是一种绅士风度。责任感这种事也得看他的家庭教育，如果他很有主见，但也尊重别人，说明他是一个情商很高的人。"

丽丽说："吃饭埋单、节日送礼这些倒很容易看出一个人的人品，如果一开始吃饭都不埋单，又或者埋了单觉得太贵之类的，那么也可以判断这个男人要不就是赚得少花销大，又或者把钱看得比较重要。"

魅苏忍不住插嘴："总之啊，爱一个人是只付出，不会想着对方有什么可以回报或要怎么回报的。你真的喜欢他，你便会心甘情愿地为他付出，反之亦然。"

安然点头，"如果他对你有期待，让你感到压力，等着你去回报的话，那不是爱情，是交易。"

丽丽点头，难得认真地说："明白了。"

安然也不是情感专家,但她是这么想的,爱情应该是快乐的,所以一旦哪里不对劲儿,不开心了,那肯定是出问题了。

27

时日如飞,很快半年的期限到了,安然与洛子琰做的系列书也在年前赶了出来。公司召开会议的时候,洛子琰也在,安然推门进去,坐在老板旁的洛子琰目光跟随着她。

安然一坐下,老板便说:"好了,现在人都齐了,我就宣布一件事,大家都知道半年前安然与子琰在做一套书,如今书定于元旦上市,发行那边也准备好了,推广这边要全力以赴。"

大家都严阵以待,这是公司半年来的重点书,可以说直接影响明年公司吃粥还是吃饭。

安然也对这套书抱以很大的希望,她发微信给他:"影视那边你有关系吗?"

对方正认真开会,见她低头玩手机,而自己放在桌子上调了静音的手机忽然亮了一下,他便心领神会,看见她的问题后回:"我努力。"

安然第一反应是笑,然后老板看着她,她立马端正了态度。

那天会议结束后,老板建议公司的人聚餐,看样子老板是对未来充满希望。

这时洛子琰的电话响了起来,他出去接了个电话回来,说:"子丹打电话叫你去吃饭。"

"什么时候?"

"明天晚上。"

"好啊。"

"但我没空。"

"嗯?"

"我不想你单独面对我的家人。"

安然突然暗暗叹了一口气,其实她一直想问洛子琰一件事,关于他们的未来,可又担心他不太喜欢这个话题,于是她问:"子琰,你很喜欢我吗?"

按道理他应该是很喜欢她了,可女人嘛,难免在幸福来临的时候患得患失。基于她问的这个问题,子琰回她一个"嗯"字,她飘在空中的心缓缓落地。

趁着年关将至应该把一些事情定下来,她正准备发信息给父母,约他们最近抽空安排一下时间出来吃个饭,顺便把与洛子琰谈恋爱的事情跟他们说一下,老板走过来了,"安然啊,你是我们公司的功臣,我敬你一杯。"

她立马放下手机站起来,错手拿了隔壁洛子琰的杯子,"老板别这么说,我也是尽力而为。"

等她把杯子放下来的时候才发现,什么时候她的杯子换成白酒了?

洛子琰俯过身来,"那是我的杯子。"

"啊。"

"你为表忠心,豪情万丈,我没理由阻止你。"希望你能理解。

安然给了他一个自己体会的眼神,悄悄地问:"家里的键盘够吗？"

他忍不住笑了起来，"还没成亲就要跪键盘？"

刚好有同事听见他们的谈话，说："恭喜啊，你们要结婚了吗？到时候记得派喜糖。"

本来是公司提前安排的庆功宴，最后却变成安然与洛子琰的订婚宴，大家都替他们高兴，起哄说要做伴郎与伴娘。总之，大家热情高涨，一不小心洛子琰喝多了。

大家都喝了许多，好像酒不用钱一样。

安然扶他回去的时候，他已经醉得双脚都站不稳。安然也扶不了他多久，后来就在路边把他放下来，从包里拿出一瓶矿泉水拧开盖子递给他，"喝点儿水。"醒醒酒也是好的。

他喝了几口水蹲下来喘气，她也跟着蹲下来，他喃喃地说："安然……"

她说："我在呢。"

"以后少去这种饭局，听见了吗？"

她拍了拍他的背，像抚摸小狗一样揉了揉他的头发，都喝成这样了，还不忘叮嘱她这些，她说："听见了。"

"我不在你可怎么办啊？"

安然一愣。

"安然，我跟你说，小时候我就喜欢你了，特别喜欢看你笑，你们家发生巨变，我好难过，好想回来看你，好想陪你走过那段时光。"

她吸了一口气，把他揽入怀里安慰他："都已经过去了。"

他有点哽咽，"好担心你没依靠，好害怕你会自暴自弃，但看到你，知道你没变，我就放心了。"

安然不知道该说什么,被人惦记是一件很幸福的事,而且子琰哥哥又是那么优秀的人,她似乎应该回报他的,比如努力工作,独立起来,好让他安心。

他又说:"你放心,这套书在做的时候我已经找到影视公司,只要书一上市,就会有投资商找人拍摄,哪怕不能全部还原历史,也是个留念。以后,你周安然的名字就会在业界声名鹊起,凭你的实力,做个编剧或导演都不是什么问题。"

原来他回来执意做这套系列书是在为她铺路,她早就应该想到的。

其实凭着他们两家如今的实力,要做一套书或一家影视公司很轻松,周爸爸最近在房地产那边赚了一笔钱,足够让安然做自己喜欢做的事,可是她不想依靠父亲,所以才会在公司从底层做起。

中文系毕业的她似乎只对文字感兴趣,一旦跟商业挂钩,她就觉得把控不来。名利于她并无吸引力,就如名利中的爱情一样,一旦所有东西跟名利扯在一起就不纯粹了。

她更讨厌商业世界中的讨好与让步。

洛子琰明白,所以他为她铺了一条没有名利做引的路,一切凭实力说话。为此,周安然下半生都感激他。

28

自从上次洛子琰喝多了之后,周安然便决定去考个驾照,不为别的,就为了自己可以随时随地当别人的代驾,而不用蹲在马路边等车。

拿到驾照那天,她高兴地开着爸爸给她买的新车上路,就是在某个路口被交警拦下来的时候,她心想,平时觉得交警叔叔都挺帅的,可是在他拦下自己的时候瞬间觉得他不帅了。

当然她不是单纯地觉得对方不帅,而是那张没有一点儿笑容的脸紧绷着问她:"喝酒了吗?"

她乖巧地摇头,"没。"心想,看我像酒鬼吗?

交警说:"出示驾驶证与身份证。"

她又乖乖地把证件拿出来,对方接过看了一眼之后交还给她,"注意安全,遵守交通规则。"

"是,收到。"

到最后,安然差点儿向他敬个礼握握手。

把车开回公司,她感慨,还是有车好啊,不用挤地铁真的太爽了。

她完美地忽略了在路上堵车的时间与心情,反正堵车对她来说只不过是空出时间发呆,有时适当放空也是一件很爽的事情。

电话响起来,她接听,"喂?"

对方温柔地问:"在干吗呢?"

"刚停好车,准备上公司。"

"嗯,中午我不在,要不要给你订外卖?"

安然对他的体贴本想照单全收,可中午要陪魅苏出去吃饭,毕竟丽丽最近也有人陪吃饭,魅苏落单。

于是她说:"不用那么麻烦了,我自己出去吃就好。"

"那行,你自个儿注意点儿,别吃辣的、寒的,还有,记得不要喝酒。"

大白天喝酒？她看起来真的很像酒鬼吗？安然不期然地想起拦截她的那个交警叔叔也是这么问她的，她问："我看起来很像酒鬼吗？"

对方似乎笑了一下，"不像。"

安然忽然想到，好像都是他一直在追问她的行踪，而她从不问他在哪里，在干什么，她犹豫了一下，弱弱地问："你在哪儿？"

他好像愣了一下，随即轻笑，"在酒店，跟张总他们一起，全都是男人，你放心。"

安然暗中翻了个白眼儿，她很放心啊，没什么不放心的。

挂了电话，安然听见有人说她跟洛子琰做的那套书卖得不错，她回到座位上连忙打开电脑查看，不看还好，一看吓一跳，这销量是坐了直升机吗？

还没到午饭时间，领导就找她到办公室谈话。对方是一个五十岁左右的男子，穿着黑西装端坐在办公桌后面，安然坐在他对面，他和蔼地笑了笑，"安然啊，我可是看着你长大的，你爸爸千叮咛万嘱咐要我把你带好，你看，要成才的人，终究是自己努力得来的。"

安然谦虚地应着，不失体面地微笑着，恭敬而严肃。

他又说："你知道吧，那套系列书出现断货现象，这是三年来公司的书第一次出现这种情况。公司被集团收购，也属于集团公司，现在影视那边也在着手，准备改编，这是你跟洛子琰的功劳啊。"

安然连忙说："哪有，都是公司的出版物，我们只是尽力做得更好一点儿而已。"

领导喜上眉梢，"瞧你谦虚的，子琰这个洛家独子我是知道的,海归,为人低调,做事雷厉风行,处事稳重严苛,将来是一个十分厉害的角色,并且父亲是上市公司老总,哪怕他不继承父业,也绝对可以凭着自己闯出一番天地。"

不可否认,洛叔叔是人中之龙,小时候她就知道洛叔叔不是一般人,可是短短十来年把公司做到上市也没几个人能做到,当然,她知道有些人天生就是做大事的。

他说洛子琰稳重,她没意见,说他严苛?也还好吧,她是知道这套系列书是他回国之后为了奠定自己位置的垫脚石。

耳边传来领导的声音,"记得第一次跟他接触的时候,问起他父母身体怎么样,你猜这小子怎么说?"

周安然摇摇头,"不知道。"

他哈哈一笑,"他说:'欢迎随时来家里找家父叙旧。'"

安然一脸笑意,不知道为什么,听到这话她一点儿都不感到意外,就好像意料之内的事,但她总得表现出同感,所以附和着笑了起来。

"安然啊,你跟他搭伙,我是很放心的。你做事也可以放开手脚来,不怕犯错,但要记得有错就改。"

安然恭敬地点点头,"是。"

"听说子琰是个工作狂。"

安然一怔,随即说:"是吧。"

他?工作狂?借出差的名义到郊外陪自己逛公园,看电影?想到这里,她不禁勾起嘴角笑了笑。

临了,领导说:"好好做,很多人都说出版业是夕阳产业,我倒不这么认为,你看国外就很明显,真正热爱阅读的人,还是喜欢包里放一本书,闲的时候拿出来翻几页的,毕竟拿在手上翻页的感觉是手机阅读代替不了的。"

安然点点头,"政府也支持出版业。虽然纸张与墨水近几年都有上涨,但所有东西都在上涨,大环境这样,我们逃不了。"

领导用赞赏的目光看着她,"我一直以为女孩子只关心时尚服饰,美妆美容,没想到你也会关心经济,关心政事。"

安然依然谦虚地说:"对不起,刷新了你对女孩子的看法。"

领导哈哈一笑,安然退了出去。

29

周末,是约双方家长吃饭的时间,安然以为洛爸爸会因为事忙而不出席,没想到她到的时候他们都已经到了。洛妈妈慈祥地看着安然,笑着点点头,"长得真好。"

安然乖巧地喊:"阿姨好。"

洛妈妈笑得停不下来,差点儿就伸手去揉安然的头发,不过见儿子站在一旁,说:"你们路上堵车?"

洛子琰回答:"年轻人,睡得晚,起得也晚。"

其实安然早就醒了,一看时间还没到,又回去睡了个回笼觉,结果就迟到了。

周妈妈在一旁安静地看着,入席后,她坐在女儿旁边,安然另一边是洛子琰,而周爸爸与洛爸爸坐一起。

洛爸爸见菜陆续上来,他先举起杯子,"我们也算是旧相识了,看见孩子们有今天,我也深感安慰。这小子从小就有自己的主意,我也是很放心他的,将来无论他是接管公司还是另开天地,我也不会插手,倒是安然。"他顿了顿,继续说,"给咱家生个大胖小子是最要紧的。"

安然听到自己被点名,还是那种事,她的脸蹭地红了,她脱口而出:"定不负所望。"

旁边的洛子琰轻笑出声。

吃饭的时候周妈妈轻声问她:"你们有做措施吗?"

安然愕然,"什么措施?"

洛子琰淡定地说:"安全措施。"

咳咳!安然着实被他们呛到了,一直没怎么说话的周爸爸第一时间问了一句:"没事吧?"

安然摇头,"没事没事,吃太急了。"

"慢点儿吃,没人跟你抢。"周爸爸还是那么严肃。

安然不语,眼看气氛有点僵,洛妈妈体贴地给安然转过来一盆猪脚,"吃块猪脚,这里的猪脚很出名的。"随即对安然挤了挤眼,"补胶原蛋白。"

周安然乖巧地夹起一块放在妈妈碗里,再夹起一块放到自己碗里,才道:"谢谢阿姨。"

洛妈妈打趣道:"还是阿姨?"

安然一愣,暗忖,不叫阿姨,难道叫叔叔?

洛子琰轻笑,"叫妈。"

这……

洛妈妈见她迟迟没开口,也知道不好为难孩子,正想说没关系,却听见安然柔柔地喊了一声:"妈!"

大家哈哈哈地笑了起来。

这顿饭吃到晚上八点多才散,临走前洛爸爸对洛子琰说:

"什么时候搬回家住？"

洛子琰回："年轻人希望有自己的隐私。"

洛爸爸又说："家里地方不够大？给你的隐私空间还不够？"

洛子琰笑而不语，洛妈妈打圆场，"孩子长大了，由着他吧，以前在国外也没见你这么紧张。"

随即洛妈妈转头对安然说："生了把孙子给我，我有的是时间。"

安然被雷得一头黑线，"其实，我们还年轻。"

洛妈妈哈哈一笑，"年轻抓紧时间生啊！三年抱俩就最好了。我那会儿就是专注事业，结果再想生的时候高龄，所以啊，你们赶紧就对了。"

这时周妈妈说："那也得先摆酒，通知亲友，还有度蜜月。我觉得这事倒不是最急的，目前是不是得选个好日子，通知亲友最要紧？"

洛妈妈轻轻一拍脑门，跟周妈妈说："你看我，这么重要的事都给忘了。我啊，一看到安然就觉得既然事成了，那得抓紧让我抱孙子。"说完便笑了起来。

安然头有点疼，她心想，现在的人都这么奔放吗？都还没结婚便生子？洛子琰见她不说话，轻问她："怎么了？"

她本来想说脑袋疼，却说："生孩子很疼吧？"

洛子琰有点儿惊讶，"我妈的话听听就好了，你还年轻。"

散场后，洛子琰送安然回家，后者在路上便睡着了。在等红灯的时候，他侧头看了看睡着的她，伸手把她垂下来的长发拨到一边，暗暗发誓，再也不会让你感到恐慌与无助了，只要有我在，你便可以做真正的自己。

车子再次启动，安然迷迷糊糊地说："妈妈，带我走。"

可是她妈妈在跟爸爸离婚后很快便跟别的男人组建了家庭，而她也很快有了继母，在哪个家，她都像是多余的。

她今天表现得特别乖巧沉默，大概心里还是有点儿放不下吧，这段往事可以说是她的童年阴影。

继父那边她是没有来往的，因为住在爸爸家，所以理所当然地断了来往，偶尔约妈妈出来吃饭见面也是匆匆的。这些年，她一直过得自由而孤独。

安然回到宿舍的时候表姐发来微信："今天加班到现在，不是明确在会议室里不能抽烟吗？老大带头抽烟，我吸二手烟，整个人都不好了。"

安然说："要不你也抽，吸一手烟总比抽二手烟好。"

表姐无语。

"姐，我今天好累，想睡了。"

"啊，好累啊，那快睡吧。"

安然咬着牙想了想，还是决定告诉表姐："那个，如果，我是说如果，如果我结婚，你说会不会太早了点儿？"

表姐说："不早了不早了，现在结婚，怀孕生孩子也要时间，还有啊，你那妈妈不是着急把你嫁出去嘛！她总是跟我说，你在前姨父家活得像只小老鼠，她又不方便带你在身边，你总不能一直这么单着吧？"

安然反驳："你不也是一直单着吗？"

表姐说："我不一样，我住家里。"

安然拿了睡衣去洗澡，一直睡到第二天中午才起床，还好第二天是星期天，不用上班。她睡觉的时候习惯把手机调成静音，醒来后看见很多信息。

魅苏说："宝贝，醒了后冰箱有做好的饭菜，你热一下就可以吃了，么么哒。"

丽丽说："我回老家了，你就不用太想我。"

魅苏说："是带男朋友回家吗？"

丽丽说："会不会太快了点儿？"

魅苏说："不快了，趁热打铁嘛。"

丽丽说："曾伟说他要先在这里买一套房做婚房，不会跟父母同住。"

安然说："恭喜你啊。"

魅苏说："宝贝，你醒了啊，昨天家长会怎么样？"

安然说："已经谈到生几个孩子了。"

魅苏说："你那小身板可以吗？"

丽丽说："只要是母的都可以吧。"

30

洛子琰在市区早就以自己的名义置了一个复式套间，就在公司附近，还在装修阶段，所以他现在住在爸爸给他配置的小公寓房里。这天复式单位装修接近尾声，他去看了看，表示十分满意。出来的时候风起，吹起他的大衣，想起今天是周日，不知道安然在干吗，随即从大衣口袋掏出手机打给她。电话响了很久她才接听，对方含糊地应了一声。

他说："今天天气变冷，你多穿点儿。"

就这样？她又不是小孩子，天冷了还不会穿衣服吗？她应了一声。

然后他又问:"吃饭吗?"

安然说:"正在吃,魅苏她们给我留了饭菜。"

听见对方吃饭的声音,他忽然感到饿了,只好自己想办法。

他挂了电话打给曾伟,曾伟已经在跟丽丽回老家的路上,好吧,大家都这么忙吗?

这时一个女生挽着另一个女生经过他身边,看到他的时候猛看了几眼,走过了还不忘回头看。

不明所以的另一个女生问她:"在看什么?有钱捡?"

"那个男人……"

"很帅,怎么了?"

女生叹了一口气,"不只帅啦,还超有钱,听说他爸是集团老总。如果能嫁给他,我死也愿意。"

另一个女生说:"死了怎么嫁?"

女生白了她一眼,"关键词不是死,是嫁好吧。"

另一个女生感叹:"至于吗?不就是一个年轻又多金的男人嘛,我还以为有什么。"

女生说:"可惜他连看都不看我一眼。"

"明显他不缺女人,特别是漂亮的女人。"

洛子琰对别人讨论他的话题不感兴趣,甚至对其他女人都不感兴趣,他有安然,像拥有全世界那么满足。曾伟就曾说他是有安然万事足,还说安然上辈子拯救了银河系,才有他这么个男朋友。

记得他那时回曾伟一句:"是我上辈子拯救了银河系。"

其中一个叫程序的男同事说:"子琰跟安然做的那套书真

的像扔在文学界的一枚炸弹，大家都不敢这么做的时候，他们居然成功了，而且电影、电视同步在拍，可谓名声大噪。喜欢你的女人估计都把北京城绕起来了，你说你怎么就心甘情愿在一棵树上吊死呢？"

洛子琰只是笑了一下，"做人而已，要那么多干吗？"

那时安然正在做下半年的选题，突然打了个喷嚏。

魅苏说："快穿上外套，你现在是重点保护对象。"

丽丽说："是不是妹夫想你了？"

安然说："你不想我？"

丽丽还没回答，魅苏若无其事地说了一句："她只会想男人，安然，你清醒点。"

丽丽也不假装，拍了拍魅苏的肩膀，"还是你懂我。"

魅苏甩了一下肩膀，把她放在肩膀上的手甩下来后说："注意形象。"

三个人在一起的时光好像不多了，如果安然搬出去，那么只剩她俩，如果丽丽跟曾伟住一起，那屋里只剩下魅苏，这么一想，魅苏突然有点清冷的感觉。

一直嚷嚷要嫁给高富帅的丽丽，最后选的男人不高，也不是特别帅，当然，富也说不上。爱情这东西真奇怪，反倒一向无欲无求的安然一声不响擒获了一名真正的高富帅。

吃午饭的时候，她们刚坐下来，便听见有人喊："嫂子。"

安然一回头，看见曾伟笑着站在她身后，她主动让出丽丽旁边的位置，"好巧。"

魅苏说："巧什么啊，他就是专门过来找丽丽吃饭的。"

安然说："那不好意思，打扰了。"站起来就想到旁边那桌。

魅苏一把拉住她，"你干吗去？他们都不介意我们做电灯泡，我们干吗要跑？"

安然在曾伟喊她嫂子的时候都没尴尬，如今听见魅苏说电灯泡时反倒不好意思起来，好吧，他们都不介意，那她就更不介意了。

丽丽说："这里出名的是烤鸡，你来一份？"

安然与曾伟同时说："好啊。"

鸡上来，安然没夹几块，鸡就没了。

魅苏回去的路上说："早知道还是分桌吃，跟男人吃饭，女人就是吃亏，我就吃了个鸡翅，一抬头整只鸡都不见了。"

安然点点头，"我也只吃了个鸡腿。"

丽丽拍了拍她们，"有鸡翅与鸡腿吃已经很不错了，我吃了旁边那碟牛肉，连根鸡毛都没沾着。"

曾伟不动声色地说："只有半只鸡，要不我去打包回来给你们做下午茶？"

用烤鸡做下午茶？亏他想得出来，不过跟安然的烧鹅早餐好像也挺般配的。

魅苏挽着安然往前走，"还好有你陪我。"

安然迟疑了一下，说："要不要给你介绍个男朋友？"

魅苏笑道："你不会觉得没人追我吧？我都是在挑他们，你知道的，上次还因为一个渣男连累了你，所以啊，不用担心我的。"

也是，魅苏长得高挑白皙，脾气好，工作认真，怎么会没有男朋友呢？

31

周安然准备结婚的消息很快就在公司传开,新来的同事例行公事过来祝福,另一个部门的陈丽霞经理拿着一瓶香水过来,放在安然的桌子上,"恭喜啊,又升职又当新娘子,双喜!"

安然抬起头微笑,"谢谢。"

记得她刚入职的时候在陈丽霞的部门做实习生,一开始她只希望做个策划编辑,但陈丽霞说:"以你的资历,连个文字编辑都不能胜任。"

她不知道安然是老板熟人的女儿,更不知道跟安然结婚的那个人是集团老总的儿子,如果她知道,指不定就把香水换成金猪了。

对于她说过的话,安然一度耿耿于怀,甚至怀疑自己真的很差。回到家,爸爸问她上班怎么样,她也没直接说陈丽霞经理怎么对她,只是说挺好。

爸爸当时说:"不要怀疑自己,在社会,有人不看好你,你能力不够,很有可能是担心你日后爬到他头上去,看到你的光芒,他有危机,第一时间想到的不是欣赏你,反而是打压你,所以有人对你挑剔也不是一件坏事。"

听见爸爸这么说,她才知道爸爸虽然很忙,但他还是关心这个唯一的女儿,爸爸的一番话让安然释怀。

原来这就叫社会,呵,如此复杂的社会。

熬了三年，终于从实习生熬成部门主编，想想也真的跟资历没多大关系，这种工作只要用心就可以，当中的苦只有她自己知道。

陈丽霞说："当初我是不看好你的，一个连请病假都忘了拿医生证明的实习生，做事毛手毛脚的，对你没信心，可是你看，这几年你真的让我刮目相看。"

安然谦虚地说："还是陈经理带得好，没有陈经理就没有今天的我。"

这顶帽子恰到好处，陈丽霞听了很受用，她呵呵一笑，"这么多实习生，走一批来一批，能留在公司的没几个，你能有这么好的成绩，我是替你高兴的。"话太多反而有点儿不像她了。

安然知道她是真心的，如今也不是竞争对手，各为其主，都是从公司利益出发，能握手言和当然是最好的，说："谢谢陈经理。"

陈丽霞拍了拍她肩膀，"好好干，你还年轻，前途无量。"

不知怎么，看到她那涂了正红唇膏的嘴唇，忽然想起电视剧《我的前半生》里那个霸气女上司吴小姐，但吴小姐比陈丽霞好的地方是，人家不忌才。

第二天安然感慨："弱肉强食，你争我夺，什么时候才是个头！"

洛子琰理所当然地说："所以要做人上人，把命运握在自己手里。"

安然听到这话略一沉思，似乎想到了什么，她问："如果，我是说如果，他们知道了我们的身份，会是什么表情?"

洛子琰耸耸肩,"你在乎?"

安然摇头,"不在乎,只是好奇。"

洛子琰伸手点了点她的脑袋,"很好奇你这里平时都在想些什么?"

安然头一仰,"肯定不是想你就对了。"

他看着她微微一笑,然后毫不犹豫地俯身轻吻了一下她的嘴角,"现在呢?"

安然的心一跳,但很快就镇定下来,垂目发自肺腑地说:"嗯。"

再抬头的时候看见眼前的人已经站了起来,脱去那件白色衬衣,露出结实的胸膛,她必须得承认,他的身材真好,皮肤也不错,主要是那肤色,啧啧,真的像度完假回来般诱人。

她不自觉地咽了一下口水,弱弱地问:"你……你干吗脱衣服?"很热吗?可现在已经是深秋了啊。

"进厨房煮好吃的给你吃,你不是说饿了吗?"说完抓起旁边一件T恤套上。

好吧,安然瞬间放松下来,才想起刚刚进门的时候跟他说过自己饿了。瞧瞧自己,都想到什么地方去了,她心虚地低下头。

他勾起嘴角一笑,"你以为我脱衣服是干吗?"

"呃……"

洛子琰耐心地等着她,她却说:"嗯,你这里有牛排吗?"

洛子琰暗暗摇了摇头,唉,看来某人是真的饿了。

他走到冰箱前打开，发现还有一块儿牛排，便把它拿出来，再翻出洋葱与西红柿，很快厨房飘出洋葱的香气。

安然从他的书桌上随手拿起一本书，是《昆虫记》，便看起书来，时间就在这静止的空间里一分一秒地过去。她眼睛在看书，脑子却在想洛子琰出国之后到底交没交过女朋友，如果有，那么有几个。

其实观察一个人，可以从他的言行举止以及喜恶中得知，他习惯用一个牌子，认定就不会改，他没有东张西望的习惯，认定一件事就会坚持到底，说得好听是专一，说得不好听是死心眼儿。而感情最需要的便是这种死心眼儿。

每个人都有自己的人生，有些人天生浪荡，习惯追捕，到手之后便弃之；有些人天生怕失去，却步不前，一旦拥有便珍惜到底。

懂得的人才知道拥有的有多宝贵。

正胡思乱想的时候，洛子琰的声音在头顶响起，"在看书？"

"嗯。"她胡乱翻了一页书，感觉这个空间安静得足够让人胡思乱想。

他朝她伸出手，她愣了一下，他说："过来吃牛排。"

她站起来，越过他宽厚的肩膀看见餐桌上放着一杯果汁以及一碟拌了西红柿鸡蛋的牛扒。

他情不自禁地凑上去轻吻了一下她的嘴角，不知为什么，他总是做这种自己都无法解释的事。安然明显颤抖了一下，他连忙跟她保持一定距离，知道对安然得有足够多的耐心，他不急，来日方长。

32

安然记得吃牛排的时候喝了点儿红酒，洛子琰也陪她喝了几杯，然后就不记得发生什么了。

醒来的时候，她躺在一张干净得可以闻到清新气味的床上，房间十分简约，色调素净，很时尚，也很舒服，灰色系床单，被子柔软地盖在身上，左边是一个奶白色的衣柜，靠门的地方放着一个小书柜，上面摆满了书。

安然睁开眼睛观察完之后，一回头，看见门口站着洛妈妈，她一惊，想坐起来，又不敢确定自己是否有穿衣服，故震惊之余，并没有轻举妄动。

"洛阿姨。"她轻声问好。

洛妈妈扶着门边微笑，"还叫阿姨？"

唉，有种被抓了个正着的感觉，都怪自己一时高兴贪杯，至于有没有失身，她也不敢往下想了，现在只想躲起来，然而还没来得及躲，洛子琰出现了，他说："叫妈。"

洛妈妈倒是一副没关系的样子，"你们继续。"

安然再也忍不住把被子拉过头，第一次留宿男人家被抓了个正着，还有比这个更丢脸的吗？别人会不会认为她放荡不羁啊？

安然就这样把自己盖了起来，好希望自己就这样闷死算了，而洛子琰却十分淡定，他说："她害羞，妈，你到客厅来说话吧。"

洛妈妈已经收好看好戏的表情，都是过来人，她懂的，说："我是路过上来看看你的，没想到有意外收获。"

安然露出头透一下气，忍不住悄悄掀开被子看了看自己，还是有穿衣服的。洛子琰贴心地给她关上门，关门的时候看了她一眼，眼神透露出一种坦然的神色，眼底却又有一丝掩盖不住的炽热。安然的脸蹭地红了，还好，门也随即被关上。

洛妈妈对独生子是采取放任不管的方法，一来可以适当地跟儿子保持距离，二来这种放任的态度反而让儿子懂得自己的良苦用心。特别是对儿子的私生活，她一向十分开明。儿子在国外的那几年，她便跟他说过，如果遇到喜欢的女孩子可以交往，她不反对的，只要他喜欢，自己便喜欢。

结果他真的是去国外读书，提也没提过女孩子，当妈的一度担心自己的儿子是同性恋，如果是就太造孽了，这关系到洛家能不能延续香火，她能不能抱上孙子啊！最后她又说只要是女的，不管是金发还是黑肤，都可以。没想到这孩子玩青梅竹马，害她白担心一场。

这周安然，虽然她爸不怎么样，但安然还是相当好的，首先她的长相，那叫一个福气，古代人说鹅蛋脸，丹凤眼，额高，腮有肉，眼神清晰透亮，鼻厚有肉，是标准的旺夫相啊。

她不禁暗叹自己的儿子超级有眼光，这种温婉型的女人可以福延三代。

她问儿子："婚礼就定在下个月的吉日吧！亲朋好友那些妈妈替你搞定，彩礼什么的我都替你准备，到时候你们俩准时出席就好。"

洛子琰边倒水给她，边说："这事我们得商量一下。"

"这有什么好商量的，安然的肚子等不了。"

安然听到这里，拿在手中的外套掉在地上，那个……她肚子怎么了？

洛子琰也不澄清，他只是说："我们都还年轻。"

洛妈妈也知道儿子的性格，她说："那好吧，明年，最迟明年办婚礼。"随即压低声音，"但你们这样住在一起，一不小心肚子大起来，婚礼上会被笑话的。"

洛子琰说："妈，都什么年代了，谁还在乎这些。"

洛妈妈一想，也是，谁在乎呢？反正她有孙子抱就好了。

离开的时候，洛妈妈对穿戴整齐端坐在沙发的周安然说："平时洛子琰的床我都不能碰，他没洁癖，但不喜欢别人轻易动他的东西，以后，我就把他交给你了。"

交给我？

洛妈妈走后，安然看了看那个还在厨房忙碌的男人，挺直的脊背，侧脸帅得一塌糊涂，只是，自己是怎么爬上他的床的？

某人把杯子洗干净之后出来，递给她一杯清水，"这周末我帮你搬东西过来。"

安然握着水杯，"啊？"

"其他的时间我都没空。"

"可是……"

"怎么，你不想？"

她否认："没有。"

他轻笑，"那就好。"

送她回去的时候，他说："我有一个要求。"

"嗯？"

"下次喝醉的时候可不可以不要搂着我喊爸爸？"

这……她有这么失态吗?

他点了点自己的唇,"吻别。"

安然回过神来,他这是耍流氓啊。

安然回到与魅苏住的地方时被她们追问昨晚刺不刺激,还有洛某人的功夫怎样,她说自己喝多了,根本想不起发生了什么事。

魅苏说:"现在的人真的好奔放啊!"

丽丽却说:"原来洛老大喜欢乘人之危啊!"

安然没好气地说:"我们根本什么都没发生,醒来的时候,我身上的衣服一件都没少。"

"欲擒故纵?"

"坐怀不乱?"

安然感叹:"中国文字真是博大精深。"

33

某日,魅苏问安然:"话说你们什么时候摆酒?我突然发现把你嫁出去好不舍啊。"

安然说:"不是还在这个公司上班嘛,退一万步,哪怕不在这个公司上班,咱们也还在这个城市,还在地球不是?"

"马上年底了,份子钱可是不能省的,要不你们明年再结婚?"丽丽说。

安然说:"也许你比我还要快。"随即意味深长地看了某人的肚子一下。

"丽丽，我说你也是，把自己吃胖长肉，还不如省着点儿钱，想想新房怎么布置。"

安然笑了笑，"也不知道是肉还是宝宝，这个可不好说啊。"

魅苏做惊讶状，"好可怕，有男人的女人都会这样吗？"

第二天安然等电梯的时候听见有人在背后议论，"就是她吗？看起来也不咋样。"

"十七楼的小月比她好看很多啊，人家那身材，那腰，那胸，真的是该大的地方大。"

她略一回头，神态自然，却莫名其妙给人一种不可侵犯的感觉。电梯来了，后面的人说："等下一部电梯吧。"

"她应该是听见了。"

安然踏进电梯，陆续有人进来，唯独那几个八卦的女生没进来，她也没在意。最后一个进来的是曾伟，他看安然在角落里，连忙跟她打招呼："早啊，大嫂。"

她应："早。"

电梯徐徐上升，她到了，曾伟给她拦着电梯门，"大嫂慢走。"

安然才坐下来没多久便收到洛子琰发给她的信息："不要理会别人怎么说，我喜欢的是你这个人，跟其他没有关系。"

"嗯。"安然疑惑，难道他刚刚也在人群里听见那些女人在背后议论她了？随即明白了，定是曾伟跟他说的。

八卦无处不在，她周安然无意成为别人茶余饭后的谈资，人不犯我，我不犯人，人若犯我，我也会躲，干吗要跟别人正面起冲突，落得个姿态不好的下场，她周安然永远乐得安然。

她无意树敌，但总有一些不自量力的人往上扑。比如中午吃饭的时候，就有人大咧咧地端着盘子坐在落单的她对面。今天她一个人吃饭，魅苏去印厂盯书了，丽丽外出还没回来，而洛子琰，似乎还在开会。

她抬头看了一眼坐在对面的女生，长发肤白，可眼神凌厉，一看就是不好惹的角色，继续低头吃饭。

对方沉不住气了，指名道姓地说："你就是周安然？"

安然点点头，"你找我？"

对方说："我想跟你谈谈。"

"工作上的？"

对方一愣，觉得安然不是表面上看起来那么好欺负，她说："关于洛子琰，我喜欢他，是非他不嫁的那种喜欢，我觉得你根本不了解他，所以劝你退出，你不是我的对手。"

安然缓缓放下筷子，"这件事，子琰知道吗？"

女生头一仰，自信地说："总有一天他会知道的。"

安然点头，淡淡一笑，说："他是自由的。"言下之意是，你找错人了，洛子琰不是一件东西。

对方"哦"了一声，安然略一皱眉，曾伟的声音在头顶响起，"大嫂，今天你一个人吃饭啊？"

那女人见讨不到好处，端起餐盘就走。

见她走后，曾伟坐下来，疑惑地问："大嫂跟我们公司的营销部经理很熟？"

"见过一面，就刚刚。"

当天晚上坐车回宿舍的时候，安然接到洛子琰的电话，他在电话里说："要不你现在拿几套衣服先住过来吧，明天我送你去上班也方便。"

估计他是知道有人找安然麻烦这件事了。

安然却说:"我能应付。"

"听我的,我不希望你受到任何伤害。"

半个小时候后,她拿着私人物品下楼,一个旅行箱加一台手提电脑,暂时住在洛子琰家。

第二天一早,洛子琰起来煮好早餐,吃饱后两个人一起出门,在公司楼下,又遇到昨天那帮女人,洛子琰拉着周安然的手旁若无人地站在那儿。电梯到了,他先让安然进去,然后自己才进去。

事实胜于雄辩,洛子琰不介意别人说周安然是他女朋友。在电梯这个安静又封闭的狭窄空间里,洛子琰说:"下班等我一起吃饭。"

说也奇怪,她踏出电梯的那一瞬间感觉背后有一股力量托着她,让她感到安心而喜悦。

表姐发贺电:"恭喜你啊表妹,听说你把城中又帅又多金的男人搞定了?"

安然说:"你听谁说的?"

"小姨啊,也就是你妈。"

安然猜到是自己的亲妈,一来她可以炫耀一下,毕竟人生啊,越往后越难有什么是可以拿得出手炫耀的。

表姐又问:"话说,教一下表姐,怎么做到不动声色一声闷雷的?"

安然迟疑,"恋爱经验你比我丰富,前不久我还记得有人跟我说没有她搞不定的男人。"

表姐一愣,"你确定你是安然?"

"这还能有假?"

"怎么跟印象中的你相差那么多？"

"那是你还没了解我。"安然反驳。

表姐感叹："恋爱中的人不能小看啊。"

还没到午饭时间，前台就喊她去收花，拿到花的时候，一张卡片掉了出来，上面写着：相识二十二年纪念日，你快乐所以我快乐。

前台姑娘暧昧地笑了一下，"谁啊？"

看了一下落款，洛某人。

就这样，全世界都知道周安然有一个很宠她的男朋友，而周安然不得不承认，被宠的感觉真的很好。

34

下班的时候，那位在餐厅主动跟安然说话的经理走过来，"洛子琰，公司业绩上升，老总说下班后去庆祝一下。"

洛子琰收拾桌子上的东西，漫不经心地说："你们去吧。"

她又朝曾伟说："去哪儿庆祝呢？"并朝他挤了挤眼，意思很明显，叫他说上几句话。

曾伟又不是傻子，当然接收到信息，他却说："陈经理，你就别等洛子琰了，很明显他有事。"

陈经理不依不饶，"他单身一人会有什么事？"

曾伟不得不说："早上他还叫我订了一束花给女朋友，好像是认识二十二周年纪念日？"

二十二年？陈经理的下巴差点儿掉到地上，前天还在他女朋友面前说她不了解他，没想到他们已经认识二十二年了。

不管他们说什么，洛子琰拿起公文包就走。他习惯用自己的手提电脑，包里除了电脑还有一些重要文件。他走后，陈经理问："他真有未婚妻了？"

曾伟是站在周安然这一边的，他说："嗯，两家是世家，应该很快就办喜酒了。"

陈经理叹了一口气，"好不容易遇到一个自己喜欢的，没想到这么快就被人捷足先登了。"

曾伟只能安慰她："说明陈经理眼光好。"什么捷足先登？人家是青梅竹马。

安然坐在办公室等洛子琰，她想到一个问题，如果有人当面挑战她的底线，她可能不当一回事，如果换了魅苏呢？魅苏会直接掀对方的餐盘吧！

正想得入神，门响，洛子琰走进来，远远就看见安然做沉思状，放慢脚步，甚至站住不再往前走。这么多年，他靠回忆活到现在，直到看见她那天，也不确定她到底过得怎样，有没有男朋友，如今，确定她是自己的未婚妻后，他的心才稍稍安定了一点儿。他一向对所有事都胸有成竹，唯独对她不确定。

她的脸在灯光下略显白皙，似乎比以前成熟了，也长高了许多，曾经任性又嗲的样子如今变得温润亲切，当初隐藏的恨意也消失了，眼神清澈见底。不管是以前没有家的周安然，还是如今即将有自己家的周安然，都想让他守护，想给予她自己的一生一世。

他懂她的淡然，她的伪装，她的善良。想到这儿，他跨步向前，朝着灯下的她温柔地道："在想什么呢？"

安然抬起头来，她笑了笑，"你来啦。"一贯淡然。

他伸手把她从座椅上拉起来。他手指修长，关节有力，她一时看得失了神。

与他并肩走出去的时候，安然说："有没有人说过你很帅？"

洛子琰忍不住笑了笑，她不会反应迟钝，现在才觉得他帅吧？

安然意识到自己失言，连忙补救，"就是很多女孩都想要嫁给你那种。"越描越黑。

洛子琰转过头认真地跟她说："听好了安然，这辈子，我只认你做我老婆，其他女人跟我没有一点儿关系。"

安然脸上微红，开始有点儿语无伦次，"我，我没别的意思。"

他轻叹一口气，他知道她在想什么，她是害怕，担心自己的另一半也像她爸爸一样移情别恋，他知道自己不会背叛，但要怎么让她知道呢？

"回家，我做好吃的给你。"他说。

"好。"

洛子琰收紧了臂弯，漠视一路上朝他们侧目的路人，最后某人低头缩在他的臂弯。等电梯的时候，他忽然说："安然。"

安然感到胸口一紧。

众目睽睽之下抱着一束花感受他的温柔，多少让她有点儿心神恍惚，她抬头，"嗯？"

他的唇就这么猝不及防地盖了下来，轻碰她的柔软，他邪魅地笑了笑。时间仿佛停顿了一样，直到周围响起热烈的掌声，才将他们拉回现实世界。

她趴在他身上，温热柔软，气息清新，他承认，自己是多么迷恋她的体温，以至于后来他都在想，她的魔力就是她那么懵懂，又那么出其不意。

堆积的太多的情感一旦被挑起，让人难免失控，但现在还不是时候，低头轻啄她光滑的脸时，洛子琰已经恢复常态。人们只看见一脸宠妻的男人，并不知道他内心的起伏。

晚上他在洗澡，安然跟表姐聊到男女之间的话题，她问表姐："你怎么看一个男人众目睽睽之下吻你？"

表姐说："这绝对是占有欲，告诉所有人，这是我的女人，你们别碰。"

安然说："呃……"

表姐说："还有就是劝那些心怀鬼胎的女人，我已经有女人了，并且我会忠于那个女人。你想想，公开承认哦，得需要多大的勇气，更何况是吻。"

这时洛子琰洗完澡出来，下身只围了一条浴巾，站在衣柜前找衣服。她看了他一眼，跟表姐说："先不说了，有事。"

洛子琰回头，室内十分安静，他们四目相视，安然感到喉干舌燥，最后吐出一句："你身材很好。"

一向稳如态山的人被吓了一跳，这算是挑逗吗？

他走过来，她慌乱中站起来，他问："安然，你要吻我吗？"

安然略一迟疑，"也好。"踮起脚在他嘴角吻了一下，然后跑开。

看着她落荒而逃的身影，某男邪恶地勾起了嘴角。

35

某日一个午后,洛妈妈与周妈妈相约在某咖啡馆见面,如此大费周折,是避开一些不必要的人,以免聊一些事。

洛妈妈点了一杯热奶茶,周妈妈也点了一杯热巧克力。

等服务员走开后,洛妈妈从包里拿出一个锦盒放在周妈妈面前,"这么多年没见,还是那样,你保养得真好。"

这还真不是恭维的话,周妈妈天生丽质,除了刚离婚那几年有点憔悴,之后因为生活有了着落,安定下来,又生了孩子,在家被好吃好喝伺候着,平时又注重做SPA护理,算是保养得不错了。

她谦虚地应着,问:"喝个下午茶也送礼物,跟你做亲家我就要发达了。"

洛妈妈笑道:"哪里,你打开看看喜不喜欢?"

一打开,是一条珍珠项链,闪着暗光的大珍珠,一看就是精品,这么大一颗珍珠如果是天然的,得好几万吧。

周妈妈说:"这么贵重,怎么好意思……"

"收"字还没说出口,洛妈妈已经说:"说这些干什么,你戴起来看看。"其实洛妈妈知道,这几年她虽然过得不错,衣食无忧,但心中有所牵挂,终究是不太舒坦,如今女儿长大,事业有成,又嫁得如意郎君,替她高兴是应该的。

周妈妈知道对方的一片心意,于是戴上。她心中除了喜悦,更多的是感动,这样的婆婆去哪里找!思及此,她便说:

"很漂亮，我很喜欢。"

他们两家还是邻居，两个孩子还小的时候，她们俩就亲如姐妹。此时此刻，洛妈妈拍了拍她的手，"这些年我一直在找你，你却避而不见。"

周妈妈本来是乐观的性格，但改嫁后碍于面子便与昔日好友生疏了，她叹了口气，说："那几年都不知道怎么过的，不过现在说起来又好像说别人的故事一样，一点儿感觉都没有。"

洛妈妈也叹了一口气，"是啊，时间真是个好东西，它可以冲淡一切。"顿了顿，"咱不要净说那些不开心的了，你看安然跟子琰两个不是挺好的吗？我啊，打子琰六岁起就没见过他这么黏人了，你猜我看见什么？"

见她这么神秘，周妈妈也不由得紧张起来，"看见什么？"

"他们俩都住一起啦！我去的时候儿子还在床上，我那时就想，婚礼得加速。"

周妈妈一惊，附和着说："是啊，得加速了，等到肚子大起来就不好看了。"

据她了解，自己的女儿也不是那么随便的人，看来女儿很喜欢子琰。

洛妈妈也说："今天约你出来也是谈这件事，他们不着急，我们做大人的可不能由着他们啊！所以问问你，如果我这边选好了日子，你这边应该可以配合着行动吧？"

大家都是聪明人，周妈妈自然知道她话里的意思，拿起面前的热巧克力喝了一口，趁这机会想了想，然后把杯子放下，"没问题，你要我怎么配合都可以，我这边的亲戚朋友不多，孩子她爸那边应该有一些生意上的合作伙伴与亲戚，我都可以通知到。"

洛妈妈听她这么一说，松了一口气，"那就太好了，咱们可以先行动。结婚是大事，咱们得从长计议。"

"可不是。"周安然是长女，周妈妈自己是捧在手心上，总盼着她有个好归宿，至于婚宴是否奢华，面子上过得去就行了。周安然的爸爸不久前也打过电话，说给安然两百万做嫁妆，这样一来无疑是锦上添花。

周爸爸人品不怎样，但出手大方这一点倒是无可挑剔的，不过后来周妈妈转念一想，怎么说安然也是他的女儿，他大方是应该的。

于是她说："要不就在世贸天地的凤龙酒楼吧，那里五星，上得了台面。我们先去婚纱店找摄影师与插花师，伴郎伴娘跟安然商量一下，如果有闺蜜与兄弟，就让朋友来充当好了。至于菜单方面，可能就要辛苦你跟我跑一趟了。"

一直以来洛妈妈以为周妈妈是典型的家庭主妇，没想到做起事来如此干脆利落，不禁对她刮目相看，连声应道："好啊，好，龙凤酒楼好，我看没问题。还有，礼服也要准备几套，一开始是穿婚纱迎接宾客，接着换唐装敬酒，晚礼服入席。"

周妈妈笑了起来，"还是你想得周道，连细节都考虑到了。"

"这两个孩子有缘分。安然是个好姑娘，人品好，又温婉美丽，实在是媳妇的好人选，我心中的这块石头总算落地了，两家又知根知底，没什么比这事更让人开心了。"

两人又聊了一会儿，各自回去开展婚礼前期工作，选好日子，通知双方的亲朋好友，又让洛子琰与安然各自列出请客名单，通知婚庆公司布置宴席场地等。

如此折腾一翻，半个多月过去了。

表姐打电话来，"我说安然，你这是平地一声雷啊。"

安然轻笑，"表姐，你会准时出席吧？"

表姐说："我就你一个表妹，当然要出席啦！再说，表妹夫可是一表人才，我不去不就可惜了。"

安然扶额，"你不会是来砸场子的吧？"

表姐阴险地笑，"你猜？"

安然冷汗直流，想起自己干过的某些事，总有不祥的预感，她弱弱地道："表姐，以前多有得罪，你大人不记小人过。"

"哼哼。"

"介绍单身汉给你。"安然想着现场应该有很多单身未婚男子吧，到时候介绍给表姐也不是什么难事。

"算你有良心。"

安然一副泪奔的表情。

36

难得休息，安然回去找魅苏、丽丽玩儿。

丽丽在试衣服，一边试一边抱怨："晚礼服太少了，要不待会儿出去买几件？可是一件晚礼服至少得好几千，又舍不得这钱。"

魅苏挤对她："都是有主的人了，还这么积极干吗？把位置留给别人。"说完淡定地拿出一件红色的露肩晚礼服。

这是魅苏私藏的礼服，遇上重大场合才穿。她淡定地拿出来试穿，想着不能给安然丢脸，同时也想趁此机会钓一个金龟婿。听说当天会有很多职场精英，商场高手云集，当然不能随意。

本来她长得高挑，身材很好，人又长得漂亮，穿什么都好看，略一打扮就会惊艳全场，现在又是刻意打扮，根本就是打遍天下无敌手。

丽丽见状，叹了一口气，败下阵来，"得，你漂亮你上。"

魅苏一笑，"也不能抢了新娘子的风头。"说完换了另一身香槟色的长裙，不该露的地方不露，大方得体，艳丽又显气质。

安然不得不感叹，她身边的女人这么有女人味，又聪明又懂事，真是荣幸。

安然电话响起，子琰在电话那头问："在哪儿呢？"

"跟魅苏、丽丽在宿舍。"

"要一起吃饭吗？"

"会不会很麻烦？"

"叫她们准备一下，我十分钟后到。"

安然挂了电话把这个消息告诉她们的时候，丽丽尖叫："妹夫也太客气了吧！"

魅苏白了她一眼，"前几天就有人跟我说，不知道妹夫什么时候请我们吃大餐……"

丽丽打了她一下，"你不说话会死。"

魅苏躲了，"安然，你不来管管！"

安然笑着看她们打闹，心里明白这样的情况日后很难再有了，她结了婚自然跟子琰一起住，丽丽跟曾伟也快了，这么一来只剩下魅苏一个，她会孤独吧？

她问："苏，花球扔给你。"

魅苏一愣，瞬间明白了她的意思，豪气地摆摆手，"缘分这东西很难讲，我不相信接到花球的人就很快有桃花，你还是留给别人吧。"

安然想到了表姐，也好，给表姐也一样。

婚礼那天可谓是相当热闹了。

当公司同事知道周安然就是周总的女儿时，大家都吓了一跳，道过喜后默坐一旁，细想之前有没有对安然不好。

陈经理想起自己曾经说安然连一个文字编辑都不如的时候，连死的心都有了。她一整晚坐立不安，工作保不保还是小事，她恨的是自己怎么会这么大意，有眼不识泰山。

她趁着空档过去低声说："安然，对不起。"

安然默然，"你做了什么？"

她想解释几句，奈何来道喜的人太多，一时不知从何讲起，她说："你爸爸是周总怎么不早点儿说？"

安然说："对不起。"

陈经理一惊，"我没有责怪你的意思，真的，安然，我一开始就觉得你与众不同，日后一定大有作为。"

安然说："其实我妈妈只是一名普通的家庭主妇。"

陈经理还是觉得内疚，"安然，记得你刚来公司那会儿……"

安然有点儿头疼，近乎粗鲁地打断她："我这个人傻不啦叽的，经常丢三落四，早不记得那会儿的事了。"

某人在旁边听了差点儿笑出声来,这很周安然。

安然是真的不记得了,可这话在陈经理耳里却是讽刺,她大吃一惊,"安然……"

安然哪懂得这些人情世故,她说:"我真的已经想不起来了。"

陈经理感激涕零,随后还是不放心地说:"我们还是同事。"

"当然。"安然也不知道为什么莫名其妙有一种优越感,她跟爸爸一样,看中的是别人的优点,人家来公司是上班的,做出成绩给公司赚到钱的就是好员工,不是吗?

这时站在旁边的某人终于忍不住假咳了一声,陈经理连忙懂事地说:"安然,我祝你们早生贵子,白头到老。"

"谢谢。"安然由衷地说。

表姐掐着点儿来的,穿了湖水蓝连衣裙,腰似乎是瘦了点儿,她对安然说:"为了参加你的婚宴,我吃了半个月素,终于穿上小码了。"

"呃……"

"今天的手捧花内定是我,没人跟我抢吧?"

安然说:"要不现在给你?"

身旁洛子琰的目光一闪,低头浅笑,他发现自己总是那么容易快乐,虽然不肯承认,但安然带给他的何止快乐。

表姐摆手,"不行,没有仪式感,我喜欢去抢。"

安然本来也没想过这事,看表姐兴致勃勃的样子,也就随她去吧。

两个姑娘聊得差不多了,表姐说:"口渴,我去拿杯水。对了,站在这里很累吧,你要喝什么?"

"香槟。"

表姐说："好。"

洛子琰说："不好。"

表姐看了看洛子琰，当他没存在地说："夫管严吗？"

安然心里想，也许，大概，可能吧。

却不料腰身揽过一只手，熟悉的声音响起，"妻管严。"

空气像被凝住了一样，表姐看着她，安然仰起头看着他，洛子琰低头微笑，"你管着我好了。"这话听着怎么感觉怪怪的？

安然脸上稍微有点儿燥热，她感到幸福，可是这时表姐却叫起来："安然，你上辈子是拯救了银河系吗？"

安然才醒悟过来，咳，在大庭广众之下如此含情脉脉注视一个男人还是头一次呢，她选择继续漠视表姐的存在，说："子琰，你真好。"

身边的人似乎愣了一下，但很快恢复了正常。

天知道，此时此刻他好想吻她，心中的悸动是骗不了自己的，但他表面仍然一如既往平静，"累吗？"

安然轻轻靠着他，"不累。"因为有人给她靠着，她为自己的幸福感到喜悦。

37

万众期待的抛捧花环节到了，一众女子站在安然身后，她看了看表姐，给表姐一个加油的表情，表姐也信心满满地站在最前面的中间，然后安然转过身，数一二三。

这时其他女子居然主动让出位置,独留表姐一个人在那里,表姐自然是如愿接到了捧花,兴奋地跳了起来。

安然转身,站在原地微笑着。

表姐一个箭步冲上去,抱着她激动得热泪盈眶,在安然耳边轻声问:"你安排的?"

安然不明所以,"什么?"

表姐指了指围观的那群女子,笑中带泪地说:"她们都主动走开让我。"

场面实在太感人,安然转过身去,错过了精彩的一幕。

安然明白怎么一回事,对魅苏她们点点头,感激之情流露在脸上。

席间,魅苏拉安然到一边,"妹夫真是太优秀了,能帮我找到比他更优秀的男人吗?"

安然想了想,"如果找到,我想据为己有。"

言下之意,就是没有比洛子琰更优秀的人了。

但某人曲解了她的意思,"安然,你不能这样,你是有夫之妇,你得替好朋友着想,比如我,单着的才有权利据为己有。"

相比表姐,魅苏可以说是一个追求实际的人。

安然用求助的眼神看了洛子琰一眼,只一眼,洛某人便感应到,他朝她看过来,见她发出求救信号,立马对面前的那个人说:"抱歉,失陪一下。"撇下那个人朝她走过来。

安然觉得这个人实在太完美了,甚至比自己还要了解自己。待他走到自己身边的时候,她由衷地说:"子琰,你真好。"

突然洛子琰俯身下来,就这样吻着她。双唇碰触的时候,她大脑一片空白，过了片刻，闪光灯与摄像机的声音在各个角落响起，被吻得差点儿缺氧的安然不敢抬起头。

她努力平复着自己的心情，越努力越觉得徒劳，大庭广众，他也不知道避讳一下。

是的，意识到失态的时候已经挽回不了了，她只好呻吟着将头埋进洛子琰的胸口，啊，好丢脸，如果还有脸的话。

宴席结束的时候，众人看她的眼光都带着点儿暧昧，并自动将祝福语"白头到老"改为"早生贵子"。

第二天醒来，安然躺在床上睁着眼睛，几分钟后才想起自己已经结婚了。

洛子琰煮好早餐进来叫她，看见她睁着眼睛一动不动。

他问："是醒了，还是睁着眼睛睡觉？"

她从被窝里伸出手，左手无名指上戴着一枚闪瞎眼的钻戒，她才承认，是的，自己已经是有夫之妇了。

洛子琰走过来坐在床沿，"起来吃早餐啦。"

安然猛地想起昨天晚上两个人的事以及魅苏临走前问她："妹夫功夫怎样？"

她好想找个洞钻进去，最好永远不出来。她默默地把被子拉过头，不敢看洛子琰的双眼。

洛子琰见她做少女害羞状，知道她一时半会没适应。对安然来说，这一切来得太突然了，哦，不对，应该是太惊心动魄了。也不知道是被吓坏了还是有点儿力不从心，她闭上眼睛，听见他的叫唤，她也不敢睁开。洛子琰轻声笑了一下，伸手碰了碰她的头发，悄然退了出去。

她走进洗手间，在牙刷上挤了牙膏，面巾摆放整齐，看着浴室镜子里自己微红的脸，随即打开水龙头，让冷水注满洗手池,然后捧起水往自己的脸上淋去。

待她穿戴整齐出去的时候,他已经走了。

他发来信息:"牛奶趁热喝,门的密码是你的生日,我去一趟超市就回来。"

他给了她足够多的时间与空间来适应婚姻生活。

吃完早餐,她有足够多的时间想起昨晚发生的事。

从婚礼现场回来已经半夜,她早已累趴,洗漱完毕后,趁洛子琰还没洗完澡出来之前,她手脚麻利地爬上了床。

嗯,并把房间的灯都关了,只留一个床头灯,然后她选了里面的位置躺下来。

被子上有他的气味,她把被子稍稍拉开了点儿。室内很安静,静得连自己的呼吸都听得一清二楚。

听着浴室内传来开水关水的声音,不一会儿洛子琰出来了,她十分悲剧地表示自己还没睡着。亢奋?不存在的。认床?也许吧。

一个姿势睡得太久,又是侧身压着手臂睡,她想翻个身,可又担心被发现,只好强忍着。

她感到洛子琰掀开被子躺了进来,然后是关床头灯的声音,接着室内陷入一片黑暗中。

她暗暗松了一口气,然后,洛子琰把她弯曲的双腿轻轻拉下来,沙哑的声音响起,"不要蜷着身子睡,这样不利于睡眠。"

她吓了一跳,差点儿掉下床去,不过听他这么一说,她干脆翻个身躺平。

他叹息一声,"安然,你有没有什么要跟我说的?"

他是想在床上盖着被子谈心事吗?

黑暗中,她感到一个身影向她靠近,然后他的唇落在她脸上、脖子上、唇上,辗转中,他的手也开始不安分起来。

"穿这么多睡觉,你不热吗?"

"是有点儿热。"

"脱了吧。"

"啊?"

"我平时睡觉都不穿衣服的。"

安然吓得不轻,只感到掌心潮热。

他又亲了一下她的额头,"放轻松。"

她把绷紧的神经与身体都放松下来,然后不知道什么时候,她身上已经没有任何约束之物,随即他埋进她的发间,握着她的双手,发出一声低低的呻吟,喷发出一股热潮。而安然随之感到一阵潮热,像是经历了生死重新活下来,以至迟迟没回过神来。他的唇轻轻吻了吻她的,久久舍不得离去。

洛子琰拥着她入睡,室内又恢复了平静。

她在他独有的气味包围下很快入睡,他的拥抱像有一种神奇的力量,促使她放下所有牵挂,一时间轻松无比,最后在他均匀的呼吸声中进入梦乡。

吃完早餐,安然随手拿一本书窝在沙发上看。没多久,门外传来声音,洛子琰提着一个购物袋回来。她放下书,盯着门口。

"中午咱们就到外面去吃吧。"

她问:"为什么?"起身,走过去接过他手上的袋子,把牛奶、鸡蛋放进冰箱。

"我带你到一个地方。"

安然忽然忸怩起来,"可我今天只想待在家里。"

她还没回过神来,这是真的,一切都好像是一场梦,她结婚了,闪电一样,然后她成了他的妻子,她需要时间去思考。

洛子琰默默看着她,似乎感应到他的目光,她抬头与他四目相接,然后她说:"你这样看着我,我会不好意思的。"

这很周安然,他轻轻笑了笑,凑过来就吻上她的唇,还带着牛奶味,她是刚喝完牛奶没多久。

待一个长吻结束,他脸不红气不喘地继续整理房间,而她脸上一团红。她想起结婚前几天,魅苏、丽丽跟她聚会的时候,丽丽说:"有这么帅的老公,我一定会天天缠着他让他下不了床,如果他说实在太累,没力气,我就……"

那时魅苏正喝着饮料,噗一声喷在她对面的安然身上,安然也被丽丽雷到了,这……

她们结束的时候,洛子琰接她回家,魅苏顿时感到被人照顾原来是这么好,她也忍不住神往起来。

这时安然回过神来,看着眼前人一脸意犹未尽的样子,心跳快了一拍。他的手仍然抱着她的腰,眼里透出强烈的欲望,彼此的身体融合在一起,感到每一寸肌肤都像有电流经过。

他俯下身吻上她温润的唇,动作温柔,轻触深探,透着无限的挑逗。

安然微张着嘴,吸吮他的舌头,他轻笑,收回舌头,伏在她脖子上说:"你是要把我吞了?"

她没经验啊,难道不是这样吗?

洛子琛爱惜地看着她，眼中的欲望不减反增，然后勾起她的下巴，再次吻着她。

安然沉浸在这个美妙的热吻中意乱情迷，不可否认，他是一个很好的导师，她渐渐跟上了他的脚步，从迎合到主动。

他忍不住把她抱起来，走进卧室，轻轻地将她放在床上，然后伸手解开彼此的束缚，在她细腻的脖子上印下属于他的烙印。

明明昨晚他才要过，但如今迫不及待，俯下身的时候彼此都颤抖了一下，他轻轻地、缓缓地进入，安然蹙着眉，慢慢适应了他之后，他才凭着本能动起来。

快感与热情并肩前行，安然呻吟的声音传入他耳里就是世上最美妙的音乐。在一波又一波的快感之后，彼此喘息着，然后安然感到他的退出，他轻吻她的脸颊。在高潮的余波中，他抱着她去浴室冲洗干净。

回到客厅后，安然才明白欲罢不能与索求无度这两个词的真正含义。

他抱着她揉了一下她的头发，然后问："饿了吗？"

"嗯。"

"我去做饭，你休息下。"

她问："不出去了吗？"

"不出去了。"

看着他穿上便服走进厨房，她拿起手机打开微信，看见三人组的群里已经炸开了，魅苏与丽丽你一言我一语在上面聊得热火朝天。

安然有点儿想不通，她们现在不是住在一起的嘛，怎么还在微信里沟通？

她匆匆看了几眼，不外乎两个女色狼在讨论她周安然的新婚之夜，说去度蜜月简直是浪费时间，当然是趁这时间好好休息，把睡眠补回来。

后面几句倒是挺中听的，洛子琰说带她去国外散心，顺便度蜜月，听说在异国他乡可以增进感情。

想想也是，在熟悉的地方、熟悉的环境以及熟悉的人中，已经没有了新鲜感，去别的地方不一样，每样东西都能带来惊喜，身心得到放松。

思绪又开始飘忽了，她想起初中时学校组织去民族文化村玩儿，刚好那个时候有泼水节，她跟同学们穿着一次性雨衣玩水枪的情形，把水泼到别人身上跑开，让别人追，也追别人，这种体验让人终生难忘。

因为是泼水节，所以你可以在任何一个人身上泼水，对方也不会生气，同样，别人也可以往你身上泼水，一来二去追逐打闹，很容易产生感情。

一会儿的工夫，已经闻到香味，她的肚子更饿了。

洛子琰的效率很高，不一会儿便煮了个两菜一汤出来，他正准备去喊她吃饭，却见她穿着家居服端坐在餐桌旁。

他笑了笑，给她盛了一碗汤，"你先喝汤，小心烫。"

待他把饭端出来时，她正捧着一碗热气腾腾的汤慢慢地、小心翼翼地喝，见他过来，她说："好喝。"

他端起汤喝了一口，心满意足地想，这大概就是幸福的样子吧。

忽然听见她说："子琰，咱们生几个孩子？"

洛子琰轻轻一笑，"一个太孤单，三个又太闹，两个刚好。"

"一个的话，把最好的都给他，不好吗？"

安然担心自己厚此薄彼，一碗水没端平，人嘛，总会偶尔偏心一下，比如两个孩子，一个乖一个闹，那她会偏心那个乖一点儿的。

洛子琰叹了一口气，"其实可以缓几年再讨论这个问题，我们还年轻，孩子以后再说。"

安然嘀咕："可妈恨不得我现在就怀上，好明天就给她抱孙子。"

洛子琰看了她一会儿，"你呢？怎么想的？"

安然也看着他，"我喜欢你。"

"我知道。"

"我也想生孩子。"

洛子琰一笑，努力控制住自己，不让自己失控，他说："那还有什么好纠结的？"

"生了孩子身材会走样，你不会不喜欢我吧？"

洛子琰想伸手揉揉她的头，但最终没有，而是收回温情的笑意，一本正经地说："不会，我不是那样的人。"

39

接下来几天，陆续有人送婚纱照、礼物等上门，安然在家布置。

大宅那边洛妈妈一直催促他们搬回来住，洛爸爸倒通情达理，说人家年轻人想过二人世界，干吗拉他们到老人堆里。

本来打算去巴黎度蜜月的，但安然在临出发前感到身体不舒服，一家人紧张又忙碌，有人去药店买药，有人直接把她载到医院。

洛妈妈有点儿喜上眉梢，"我生的孩子果然没让我失望，这速度是快了点儿，但也能接受。"

大家都期盼着一件事，就是安然怀上洛家的骨肉，这么一来就可以让他们回家住，以安胎的理由。

三十分钟过去后，医生宣布，她没怀孕……

洛妈妈不相信，站起来问医生："要不要再做个详细点儿的检查？或许胎儿太小没检查出来。"

"我们不会错的，她只是吃了不干净的东西造成胃不适，现在回去吃点儿药，好好休息一下就可以了，其他没什么大碍。"

吃坏东西了？洛妈妈瞪着洛子琰。

洛子琰坏笑，"你别用杀人的目光瞪着我，这怀孕讲究的是天时、地利、人和，缺一不可，我又不是种马，不是光配种的。"

这话当然不能当着安然的面说出来，安然看见两家劳师动众的样子已经急死了，如果这时听见他这么说，指不定会有什么反应。

洛子琰陪她回去的时候她满脸倦意，是的，从结婚到现在可是没少折腾，如今不知道自己是不是因为太忙没按时吃饭，把胃吃坏了。安然这几天的心情有点儿不太好，吃什么都没胃口。

洛子琰想尽法子让她多吃几口，她说只想喝粥，于是他便换着花样来，今天是鸡丝粥，明天是虾蟹粥，后天是排骨粥。

安然委屈，"压力好大。"

"顺其自然，别给自己那么大压力。"他的手覆上她的，然后握紧，"我妈是太孤单了，希望我们回去陪陪她，我不想你为难，至于孩子的事，不用太紧张，该来的自然会来。"

回想起前一阵子，真的是有点儿兵荒马乱的感觉，就连她都以为自己怀上了，这也不怪她，没经验嘛！不过度蜜月这事倒是推迟了，最后两人一商量，一致认为出门千里不如待在家里，还是老老实实待在家里恢复元气吧，于是干脆把行程取消了。

安然表示十分矛盾，一来替洛家添丁这种事落在她头上，她表示很有压力；二来又想出去浪，巴黎这种地方虽说以后有的是机会，但心境不一样，新婚去，心情会好到飞起来吧。但看见洛子琰那温顺的样子，她又不好意思说什么。

光阴似箭，时日如飞，很快就到了上班的日子，那天她早早起来洗漱完毕，跟洛子琰一起出门，早上出去的时候可以说是朝气蓬勃，晚上回来的时候就不想动了。

也不怪她，这半个月的婚假把她宠成一个饭来张口衣来伸手的懒虫，突然要上班，一坐就是九个小时，还不算路上的时间，一天下来得十多个小时，回去倒在沙发上就不想起来。

洛子琰微笑道："饿了？"

"嗯，但我不能吃，回去上班她们都说我胖了，我也发现小码的衣服穿不上了，这悲剧。"

"这才好，谁要瘦巴巴的，摸起来都没手感。"说完手就不安分地在她身上游移起来。

安然一惊，"你干吗？"

洛子琰笑得人畜无害，"给你按摩啊，老婆大人上了一天的班，累坏了，我给你舒缓一下神经。"

说也奇怪，他的力度刚好，从她的肩膀到腰、大腿、小腿，酸痛的感觉渐渐消失，整个人都放松下来，迷迷糊糊中，她听见他说："如果真的感到累，就别上班了。"

她听见自己说："不行，公司很多事，我还有梦想。"

他俯在她耳边问："你的梦想不是嫁给我吗？"

她笑了笑，"之一。"

某人脸上闪过一丝失望，但知道养着她太不切实际，她周安然有她自己的理想，回归家庭不是理想之一。

他心疼地看着她，"累了先睡会儿吧，做好饭我叫你。"

"好。"安然含糊地应着。

洛子琰起身到房间拿出一条毛毯盖在她身上，然后到厨房忙活。

安然小睡了一会儿，醒来的时候精神多了，走到厨房，看着里面的人动作娴熟，游刃有余。她走过去从背后抱着他，深吸一口气，"好香。"

"马上就好了，你去准备一下。"他轻轻回过身来，轻啄她额头。

"我一直在想我们又要上班，不如搬回去跟爸妈一起住，家里有人帮忙，不用你那么辛苦。"

洛子琰做沉思状，随即道："可为你下厨，我愿意啊。"

安然笑得心花怒放，"老娘全天下最幸福！"

"那当然。"

安然一直觉得婚后两个人的生活也没多大变化，上班下班，吃饭约会，看电影喝下午茶，但是洛子琰脸上的笑意多了一点儿。

他们出双入对，上班的时候公事公办，下班后便过起二人生活，他负责照顾她的生活起居，她只负责做好周安然就好。

那天从写字楼下来，在路边等洛子琰时，迎面一阵风吹来，风是暖的，让人感觉舒服极了，而路边的梧桐树已经在吐新芽，她才发现寒冬已过，春回大地，正是面朝大海，春暖花开的季节。

40

周末闲着无聊，安然想找点儿事做做，可她不知道做些什么，家务都被洛子琰做了，她能干啥呢？

这时电话响起，她拿起电话一看，是丽丽。丽丽在那边说：“安然，现在在哪儿？"

"在家。"

"我们过来参观一下你的家可以吗？"

安然瞄了一眼不远处的洛子琰，压低声音说：“我得问问他的意见。"

结婚了也要顾及下老公的感受，征求下老公的意见，幸福的婚姻都是建立在平等互利、互相尊重、理解与信任的基础上。

安然跟洛子琰说丽丽她们要来做客，是否方便。本来想着家里应该不方便接待客人，又没有人做饭搞卫生，来一趟煮东西吃，吃完又要收拾，挺折腾人的，还不如约在外面相聚。没想到洛子琰说："可以。"

安然只好跟丽丽报上自家住址。挂断电话后，她走过去搂着洛子琰的脖子，踮起脚主动亲了一下他的脸，心满意足地说:"老公,你真好。"

洛子琰搂着她的腰,"我有一个要求。"

安然一脸认真地道:"你说。"

他宠溺地刮了一下她的鼻子,"你要帮忙打下手。"

安然说:"没问题。"

他拿起车钥匙,"现在陪我去一趟超市吧。"

"遵命!"

去趟超市要经过好几个红绿灯,看着他打方向盘的侧脸,安然被吸引了。魅苏、丽丽一直说他很帅,说实话,他是长得挺出色的,身材比例很好,穿什么衣服都很好看,样貌也十分出众,走在街上引无数路人侧目。但他为人低调,性格沉稳,对伴侣更是专一而周到。

正失神时,他把车子停下来,"在想什么?"

她说:"到啦?"

洛子琰俯身替她松开安全带,突然在她唇上轻啄一下,然后在某人呆愣的瞬间下车,再绕过去替她开门,"当心头。"

如此体贴入微的男人去哪儿找?

他俩并肩走进超市,洛子琰推车,来到食品区,安然问:"我可以拿几包饼干吗?"

洛子琰嘴角浅笑,"喜欢拿什么就拿吧,不用经过我同意的。"

她高兴地跑开,回来的时候,手上除了拿着饼干,还拿了一些咖啡、奶茶之类的,把这些东西放进购物车后,突然想起丽丽可能会带曾伟一起来,而且他俩都是喜欢喝酒的人,她又说:"我去拿酒,你等一下。"

他一把抓住她的手,把本来准备跑开的她抓了回来,"一起去吧。"

他俩来到放酒的货架前，安然犹豫着不知道要选什么。

他拿起一瓶红酒，"这个吧，你也可以喝一点儿。"

她的脸一阵发红，想起那次在他家喝多了后自己断片的情况，唉……如果时光可以倒流，她一定不会贪杯，害得自己如此丢脸。

这时有人惊叫："安然，真的是你！"

她回头，见丽丽挽着曾伟在身后不远处的地方，魅苏一副生无可恋的样子跟着他们。

丽丽热情地跑过来，一把抱住安然，"好久不见，好久不见。"

安然郁闷，"我昨天见到的那个人不是你？"

丽丽不理她，又朝洛子琰伸出手，"妹夫，你好！"

洛子琰礼貌地伸出手跟她的手碰了一下。

安然不着痕迹地倒退一步，朝魅苏无声地问："她脑子没问题吧？"

魅苏上前，在她耳边低声说："今天出门的时候就有点儿不对劲儿，说什么终于可以踏进洛子琰的家，洛家大公子哦，全城都想沾光的人，做梦都没想过自己有一天会踏入洛家。"

安然吐舌，"她不知道我没在大宅住着？"

魅苏叹气，"她知道，就是……"眼看洛子琰走近，她转移话题，"妹夫，今天打扰了。"

"没事。"对方脾气很好。

丽丽说："以后，安然就交给你了。"

对方点头，"结婚的时候就承诺了。"言下之意就是不会反悔的，你大可以放心。

安然觉得这两人真是自己的好友，这反应也未免太大了，偷瞄某人，却看见他笑得眼睛都快看不见了。

开车回去的时候，安然坐副驾，他们三人坐后面。回到家，丽丽进门就叫起来："哇，顶楼复式啊，很贵吧？"

某人表示无语。

魅苏轻轻拉了她一把，"别丢脸。"

她也觉得冒犯了，连忙说："洗手间在哪儿？"

安然指了一下阳台附近的地方，她直奔过去。

安然笑，"都快要结婚的人了，还这样毛躁。"

魅苏倒十分正常，"安然啊，我们都羡慕你，你嫁得真的好，你家男人真的很优秀啊。"

洛子琰脱掉外套，拿起围裙绑在腰间，一看就是经常出入厨房的，更让魅苏羡慕不已。

她悄声说："你家男人出得厅堂，进得厨房啊。"

丽丽不知道什么时候回来，听见她这么说，忍不住插了一句："就是不知道功夫怎样？"

全场静默。

41

这场婚后首聚以安然喝醉而告终。某人曾经号称千杯不醉，还死活替洛老大挡酒，结果几杯红酒下肚便不行了，脸红得像一朵大红花，靠在洛子琰身上咯咯地笑。

洛子琰略一沉吟，随即一笑，"不好意思，今天就到这儿吧，她喝多了。"

丽丽也不胜酒力，靠在曾伟身上做八爪鱼状，四肢缠着他。

魅苏还好，毕竟单身的人努力保持清醒是很重要的。

安然已经醉得两眼模糊，仍不忘招呼他们："吃好喝好，不够我去买。"

洛子琰一把将她拉下来，"你们自便吧。"说完抱起安然就往卧室走。

丽丽嚷嚷："喂，什么意思？主人先撤？"

安然酒气上涌，感到难受，不过她酒品很好，躺在床上后，搂着被子就笑。

洛子琰扬眉，"怎么了？"

她迷迷糊糊地道："好困，想睡觉。"

他温柔地说："那就睡吧。"把被子盖在她身上，然后拧了一条热毛巾出来，替她擦了脸、脖子以及手心，让她暂时舒缓下来，不一会儿她便睡沉了。

第二天一早，他起来换上运动服出门，绕着河边跑了一圈，回来的时候带了她爱吃的早餐，然后打开电脑工作。

八点半左右，一条信息进来，魅苏问："昨晚喝那么多，今天会头疼吧，喝点花旗参醒醒脑。"

他顺手回复："谢谢你，她还没睡醒。"

魅苏隔了一分钟回："那就辛苦妹夫了。"

又过了一个多小时，安然渐渐醒来，她其实还没睡醒，不过头疼得有点儿厉害，忍不住呻吟了一声。

他听见声音走进来，"醒了？"

她眨了眨眼，"被窝真暖和。"

他宠溺地道："头疼吧，我去给你拿参茶。"

听了魅苏的话，他泡了一壶花旗参茶给她解酒，见她没醒便一直温着。

再次进来的时候,他手里多了一杯茶。

安然坐起来接过他递过来的杯子,他说:"可以喝了。"

安然完全醒了,她喝完参茶起床,洗漱过后穿戴整齐,试探地开口:"昨晚,我没怎么……你吧?"

"嗯,没有,就是抱着我要我讲故事。"

安然扶额。

"不丢脸不丢脸,反正我没讲几句你就睡过去了。"

唉,就知道会被说。

默默下楼的时候,洛子琰说:"下次不要喝酒了。"

"我酒品那么好,干吗不喝?"

"我们在备孕,你忘了?"

安然脚下一滑,洛子琰连忙扶住她,"当心。"

安然稳住情绪,睬了睬眼,问:"你是担心我怀不上还是担心我怀个酒鬼?"

洛子琰赔笑,"我的错,酒鬼怎么了?有本事跟我喝,折腾他妈妈算什么英雄好汉?"

安然笑了。

见她笑了,他暗暗松了一口气,对安然,他是前所未有的小心与爱护。

正在喝粥的时候,好久不见的表姐终于出现了,她发来一大堆信息,内容如下:"我一国外同学结婚,没半个月就离婚了,原因是性生活不和谐,你说婚前性生活得多重要。"

安然差点儿一口粥喷出来,坐在她对面的洛子琰连忙抽了一张面巾纸给她,她接过,"谢谢。"

他抬了抬头,最终还是说:"吃饭就把手机放下吧,对胃不好。"

"哦。"她应一声，乖乖地把手机放下来。

等她吃完一碗粥表示饱了的时候，某人才允许她拿起手机。

手机上是表姐发来的信息："人呢？跟你说，夫妻生活很重要，千万不要以为嫁入豪门就没烦恼，我跟你说，我另一个同学嫁入豪门没半年就离婚了，离婚的时候只拿走二十万，你说这二十万能干吗？"

安然说："人各有志，福祸自收。"

表姐说："说话那么玄，你还会不会说人话啦？"

安然说："别人的婚姻幸与不幸都是别人的，婚姻如人饮水，冷暖自知，你操那么多心干吗？"

表姐终于说："我是担心你被妹夫欺负了。"

安然说："我很好。"

表姐不信，说："真的？"

安然说："我爸叫我回去住几天，昨晚给我打电话的。"

表姐说："不想去就不去呗，嫁出去的女儿，泼出去的水，怎么管？"

安然说："到底是我爸爸，他做得再不好，他还是我爸爸，这是没法改变的事实。"

表姐安慰她："你爸生理需要找个大小老婆，不丢人不丢人。"

安然发现跟表姐说话有点儿对牛弹琴，幽幽叹了一口气，默默把手机放好。

洛子琰仍然端坐在电脑前工作，他似乎很忙，有忙不完的工作。

沉吟片刻，她说："爸爸叫我们有空回去一趟。"

他回头，目光清澈明亮，"我随时可以。"

"你这样会把我宠坏的。"

"我老婆，我愿意。"他走过来，拉起她的手轻轻放在嘴边。

室内很安静，静得可以听见彼此的心跳声，一阵风从窗外吹进来，鹅黄色的窗纱飘动，阳光斜照进来，落在暗红色的地板上，两个人影被拖得长长的，两人的对视之间有些余温，如此深情的注视，足够让她忘记所有不愉快的事。

42

周安然一直是周继光的骄傲，这么多年，他可以有很多女人，但他只有一个女儿，就是周安然。

虽然老婆带过来的几个孩子他视如己出，但毕竟不是自己的骨肉，生疏是在骨子上的，改不了。

这天知道安然要回门，他高兴地推掉一切事务，只为留在家里接待嫁出去的女儿。

继母见他这样子看不下去，拉起她的孩子，"走，带你们去看电影。"

"也好，你们出去散散心。"周继光哪想那么多，只想着人多是热闹，可不能说体己话。

临走的时候，他还给了她三万，"换季了，买点儿衣服。"

她才笑逐颜开地离去。这是有钱能使鬼推磨啊！

周继光年过五十风采依旧，只是再怎么神采奕奕，也掩盖不住黑发中透出的些许白发，眼角的鱼尾纹不笑也显现，声音也不像以前那么哄亮，反倒有一种沉着稳重的气息。

什么年纪干什么样的事，他示意阿姨去厨房炖鱼汤，那是安然最喜欢喝的汤，又切好水果，等女儿回家。

洛子琰载安然回家。到家后，他们并肩走进来，安然看见在客厅坐着的父亲，向前一步，"爸，我回来了。"

周继光站起来，朝她招手，"来，给爸爸看看，好像长胖了。"

才一个多月没见就长胖了？安然看了洛子琰一眼，洛子琰会意，"在家休息得好，不操心，自然就长起来了。"

周继光重新坐下来，又拍拍身边的位置，"来，到爸爸身边。"

还没出嫁的时候安然就跟爸爸不亲，她一直觉得他们离婚是爸爸一手造成的，害得妈妈一个人流落在外，随便找了个人结婚，又生孩子，那么大年纪还在为自己的下半生奔波，多遭罪。

然而，这也是上一辈人的事，她不能阻止，也不能改变，于是她坐下。

周继光给女儿倒茶，"公司的事少管点儿，也不是没了谁不行，好好过自己的日子才是关键。"

"嗯。"

阿姨端菜出来，周继光他们坐到餐桌上。见女儿坐好，他亲自把鱼汤盛到女儿碗里，"阿姨做的鱼汤，尝尝。"

安然用勺子小口喝着，"好喝。"

周继光笑逐颜开,"好喝就多喝点儿。"

他给洛子琰盛了半碗,"鱼汤有营养,你也多喝点儿。"

洛子琰说:"谢谢爸爸。"

他笑,"不用客气,都是一家人。"

安然低头喝汤,也没问继母他们去了哪里,一看就知道他们躲出去了,也好,本来就不亲,免得还要说点儿言不由衷的场面话,那不是她擅长的。

很多时候,周继光觉得自己这个做父亲的不及格,她一个人就处理得很好,每次问她学习的事,她都说很好。确实,上学的时候她一直名列前三甲,从不让他操心。

工作上,女儿就更没让他操心,因为从她答应进自己的公司做实习生开始,就不允许曝光父母关系,一切从基层做起,她还说一旦关系曝光,便离开公司。

哪怕是知道公司有人欺负她,他也装作看不见,同时也在观察她的处理方法。渐渐地,他发现,安然并没有外表看起来那么柔弱,她处理事情的手法虽然不能说是力拔山河,但以柔克刚是绝对的。

她很有主见,并十分有韧性,从不仗着自己爸爸是董事长就发小姐脾气,为人低调,哪怕她本身已经十分耀眼,但她的言行举止总是那么恰到好处。

他做错了事,辜负了她的妈妈,希望在女儿身上补偿。他的小心翼翼一度让安然感到十分厌恶,但如今,他的关心与照顾又是出自真心,安然才接纳了。

洛子琰知道安然是怎么想的,他悄悄握住她的手,然后把她的手放在自己的腿上,用掌心温热她稍微有点儿冰凉的手。

席间,周继光又问了一些安然在工作上的事,安然都是有一搭没一搭地应着，跟父亲吃饭虽然不累，但也不敢松懈。吃完饭天都已经黑了，吃了点儿水果后，他们便告辞。

回去的路上，安然靠在座椅上昏昏欲睡。

洛子琰温柔地道："想睡就睡吧。"

"陪我聊聊天吧。"

"好。"

洛子琰是一个很好的聆听者。

安然说："十六岁那年，他们离婚了，我妈想把我带走，但我爸不允许。"

空气有点儿冷，洛子琰打开了车上的暖气。

"我爸说我跟着我妈会吃苦，我妈连自己都养不活，怎么养我！"说这话的时候安然有点哽咽。

洛子琰空出一个手拍了拍她的头，开口："都过去了。"

安然看着挡风玻璃前面的公路，"我一度十分恨他，为什么他要这么做？但我那时候还小，我没办法，我要依附他才能活下去。子琰，你不知道，我那时想过如果他死了，我跟妈妈会不会好过一点儿。"

洛子琰一惊，他实在想不到如此冷静的周安然会有这种想法，他问："为什么？"

"因为他伤了妈妈的心，如果不是他出轨，妈妈就不会以泪洗面，妈妈就不会嫁给别人，做别人的妈妈。"说这话的时候安然已经泣不成声。

这是她心里永远的痛，是无法磨灭的痛，但庆幸，都过去了。

洛子琰抽出两张纸巾给她，"都过去了，你还有我。"

安然接过纸巾，擦了一把脸，然后把脸转向右边，看着窗外，树一棵棵地往后倒，多像人生。

她天生是散懒的性子，对什么事好像都漫不经心，其实她纤细敏感，甚至脆弱，只是她把脆弱的一面隐藏起来，把不在意的一面表现出来。她不需要别人同情，她习惯了独自舔伤口。

如今她终于在她爱的人面前卸下伪装，这些话原本她以为一辈子都不会对别人说，却没想到说出来是如此轻松。

他俯过身，用手擦干她的泪水，轻轻呼唤她的名字，带着深情的温柔，然后吻上了她的嘴。

43

接下来的几天，周安然都比较忙。一天，她还没起床，电话就响了，公司编辑部助理跟她请假，说上午要去印厂一趟，就不回公司了。

她迷迷糊糊地应着，挂了电话，倒头又睡，结果睡到九点才醒来。一看手机，都九点多了，她连忙起床洗漱出门。

今天洛子琰不在家，前天就出差了，留她一个人在家，差点儿没醒来。

一手拿着咖啡，一手拿着面包在公司走廊，迎面看见大家都已经开始忙碌，她对迎面走过来的同事说："嗨，早上好。"

那女同事一脸紧张，拉着她的手说："安然，你可算回来了，老总在会议室，你还是去看看吧。"

安然疑惑，"怎么回事？"

"听说是印刷那边出问题了,印错了好几千册,正在里面训人呢。"

来不及吃早餐,她把东西往女同事手里一塞,"我去看看。"

来到会议室门口听到老总在里面炸掉的声音,她悄悄推开门进去,拉着坐在门边的一位同事轻声问:"什么情况?"

"印厂那边说是我们的编辑搞错了,不负责,这个球没人接。"

"稿子呢?"

"编辑把没校对的稿子发了过去,这下估计挽回也难了,你知道,那错别字与语句……"对方没有再说下去。

错得太离谱了,安然咬了咬唇,"这到底是谁干的?"

"小兰,新来的编辑。"

这时老总终于注意到她,"安然,你来了最好,这事让公司损失好几万,还有,作者已经发了新书上市预告,读者都在等着这本书出版上市,临时取消或改期都会让读者对咱们失去信心,你看这怎么处理?"

好大一个球,但也得接住,安然沉默了一下,她说:"我们可以赔偿,但时间太紧了,哪怕现在加急下印厂,也要十天后才能上市。"

众人皆点头。

她又说:"现在不是追究责任的时候,而是我们应该怎么跟作者说,当然,不能说是发错文件,这样他会觉得我们不专业。这事本来是由责编安排的,新人犯错,我们也一样要反省。这样吧,作者那边由我去解决,你们抓紧时间到印厂那边协商,让他们尽快把这本书印出来,哪怕印个两千册。我能拖一个星期左右,你们看怎样?"

大家也没更好的办法,只能如此。

散会后,安然把小兰留下来。她看起来有点儿瘦弱,又有点儿怯怯的。

安然对她没什么印象,好像有几次看到她在那里加班。

这时小兰的脸垂得很低,声音哽咽,很明显哭过。

安然开口:"我们都是人,是人就会犯错,不必太在意。"

小兰带着哭腔说:"谢谢你,安然姐。"

安然叹了一口气,"不过,你能给我一个理由吗?为什么会犯这个错?"

小兰说:"我爸上礼拜因为高血压进了医院,我心里着急,又因为图书赶着下印厂,没回去看他,那几天工作很不在状态,也不知道怎么的,就把那份没校对过的稿子发过去了。"

"按道理不是先校对再排版的吗?"

小兰的头垂得更低,"我把顺序调转了,安然姐,我不是故意的。"

安然不了解小兰平时的工作情况,但她现在犯了这么大的错,估计很难留在公司了。

她问小兰:"想留下来吗?"

小兰愕然,抬头看着安然,"啊?"

这孩子太像她刚来上班的时候了,她又说:"如果还想留下来,就到我的部门来吧,不过降薪留职是一定的。你可以回去好好想想,要不要留下来或自己是否适合做这份工作。"

小兰迫不及待地说:"我愿意留下来接受降薪的惩罚。"

"哦？"

小兰热切地说："我很喜欢文字，很喜欢公司的工作气氛，很喜欢在这里上班，也很喜欢跟安然姐在一个部门工作。"

安然点点头，"接下来会有很多你不想听的话传开，比如说对你的降薪惩罚太小，还有可能会对你进行人身攻击，你要有心理准备。"

小兰说："我明白，但我不怕，我得坚持我的梦想。"

安然笑了笑，朝她伸出手，"欢迎加入！"

小兰与她握手，"谢谢你，安然姐。"

安然想了想，然后又说："答应我，不要因外在的因素影响工作，因为这样只会更糟，而不会更好，你能做到吗？"

"我会做到的，安然姐。"

安然收回手，抿嘴一笑，"好好工作，不要辜负父母对你的期望。"

小兰满怀感激地把原来桌子上的东西收拾好，到安然的部门去工作。

下午，安然的助理回来，她立即对助理交代："你私下跟小兰拿个支付宝账号，给她打三万块钱，就说是我先借给她渡过难关的，要她安心工作。"

助理在回来的路上已经知道小兰在工作上犯了大错，但安然姐承担下来，如今又私下给她打钱，助理抬起头问："周老师，我没听错吧。"

"你没听错，去吧。"安然觉得谁都会遇到不顺心的事，能帮便帮，她不求小兰有什么回报，这也算是举手之劳吧。

小兰得知这个消息的时候破涕而笑，有了钱，她就可以给父亲买最好的药了。

她给安然发来微信:"谢谢你,安然姐!"

安然回她:"要还的。"

小兰说:"是,我会更努力工作。"

洛子琰还没回来就听说此事,曾伟跟他说的时候绘声绘色,最后说:"大嫂太帅了,如果不是我不自量力,当初就会追她。"

洛子琰也不当回事,他认为这很像安然的行事风格,真诚、善良,处理问题总能抓住关键,不惜把私房钱拿出来帮助别人。当初他喜欢她,有一部分原因是她的善良。

因为安然的关系,公司决定私下拿钱重印那本书,也就是说那本书目前在没赚到钱的情况下已经重印,加上支付作者稿费,全国书店分享活动的经费以及其他费用,这本书是亏的。

安然觉得公司是要赚钱的,要不然不开公司改开慈善机构得了。

她找洛子琰商量,怎么让这本书起死回生,提高作者名气,还能给公司赚到钱。

洛子琰皱着眉头想了想,安然看着他,心想,原来他也会皱眉头啊。

洛子琰说:"如果你不介意,我建议把你的故事拿出来做宣传,一个感人至深的上司爱护下属的故事,一来有了故事色彩,二来读者更喜欢,加印是指日可待。"

安然随之也点点头,"可以把我换成一个英俊的男主角,然后小兰最后跟男上司牵手,成就一段姻缘。"

洛子琰承认自己不是她的对手。

安然看着他笑得有点儿高深莫测。

44

某天中午,她与魅苏、丽丽去食堂吃饭,一路听着丽丽数落曾伟的各种不是。

安然问:"你们不是快结婚了吗?"

丽丽理直气壮地说:"就是快结婚才发现他各种不好,你说我这婚还要不要结了?"

坐下来吃饭的时候,安然发现食堂的人很多,闷热,像是有种东西堵在胸口透不过气来一样,她也没在意,直到快吃饱,她猛地站起身来,冲到门外的洗手盆吐了起来。

这一举动吓得魅苏与丽丽面面相觑,魅苏首先开口:"不会是有了吧?"

丽丽接话:"有了也很正常,他们结婚有一段日子了。"

魅苏起身,"去看看。"随即又回头,"你包里有纸巾吗?"因为只是下来吃饭,魅苏只带了手机。

丽丽就不一样了,她到哪儿都会把包包带上,一副随时离家出走的样子。

丽丽连忙说:"有,有。"低头打开包包翻找纸巾。

来到洗手盆边,安然正用水冲洗嘴和脸,一副难受的样子,丽丽把纸巾递过去,担忧地问:"安然,你不会挂掉吧?"

"难受,胸闷,想死。"安然接过纸巾,擦干脸上的水。

魅苏问:"要不要去医院看看?"

丽丽说:"要不打电话给妹夫吧。"

安然把纸巾还给她,"不用,就是这里有点儿闷得慌,下次不要在这里吃饭了。"

魅苏又问:"你把吃的都吐出来了吧,我们陪你去别的地方再吃。"

她又说:"没关系,不是还有下午茶嘛。"

回去的路上,丽丽没再说曾伟,而是一个劲儿地问她:"真的不要紧吗?"

得到肯定回答后,她又小心翼翼地问:"你不会是有了吧?"

"丽丽……"魅苏想阻止已经来不及了。

丽丽说:"那有什么,有了就更要注意饮食。我嫂子怀上那会儿吐得黄疸水都出来了,吃什么吐什么,闻到鱼腥味与鸡蛋都吐。"

安然大吃一惊,"还有这种事?"

丽丽点点头,"要不下午请个假去医院看看吧,我们也好安心。"

距离上次去医院,好像已经是上个世纪的事了,那时候是妈妈生弟弟,她去探望。而现在,是她去医院看妇科。

从医院出来,外面阳光灿烂,她在医院门口站了一会儿,然后看见一辆车缓缓驶过来,车窗落下,看见洛子琰坐在驾驶室。

5月的天气已经不冷了,可在阴暗处仍会感到阵阵凉风。洛子琰笑了笑,"魅苏跟我说你去医院了。"

她走过去拉开门坐在副驾上,"嗯,也没啥事,就是吐了。"

医生说她怀孕快两个月了,可她又想起妈妈说孩子小的时候会比较小气,能瞒就瞒吧,过了三个月胎儿稳定就可以说了。

医生也说头三个月要注意饮食,如果想吐,就先吃两块苏打饼垫垫肚子,可以缓解孕吐。

医生还说她有先兆流产的迹象,建议她每天到医院打安胎针,所以她还是不说给他听,把孩子保下来再说也不迟。

扣好安全带,洛子琰打着方向盘问:"医生怎么说?"

"说是吃坏了东西。"

洛子琰说:"看来食堂的厨子要换了。"

安然一惊,"其实跟厨子没关系,就是我吃了不干净的东西。"

"嗯,我送你回家休息,下午你就别去公司了。"

安然以身体不适为由被送回家中歇着,中途接了一个电话,小兰说公司的事已经处理完了,想过来看望她,被她婉拒,"作者那边我已经跟他说过了,他负责安慰读者,我们这边就盯着印厂不要再出错好了,你下午没事就跑一趟印厂吧,辛苦你了。"

"安然姐,你真的没事吗?"

"没事,吃了药躺一下就恢复了。"安然挂了电话之后顺手将电话调成静音。

睡了两个多小时醒来,感觉身体好多了,拿起电话一看,有一个洛子琰的未接电话,回拨过去他没接。

她起床,给自己冲了杯热牛奶,然后坐在电脑前,审批公司发过来的邮件。

电话响起,她接听,洛子琰在那边说:"刚刚在开会,你醒了？"

"嗯，喝了牛奶，正在回复邮件。"

"冰箱有三明治，热一下就可以吃。"

"好。"她起身打开冰箱，除了三明治，还有橙子与香蕉以及麦片，都是健康食品。

重新坐回电脑前，感到窗外忽然昏暗下来，不一会儿雨点打在玻璃窗上，她又起来关窗。室内暗了下来，她打开灯，灯光柔和，窗外狂风暴雨，她轻轻抚摸了一下肚子，说道："别怕，妈妈陪着你。"

45

俗话说，纸是包不住火的。安然的肚子越来越大，首先知道的是洛子琰，知道自己快要做爸爸的时候，高兴得抱起安然原地转了三圈。

魅苏与丽丽很快也知道了。在茶水间冲咖啡的时候，见安然不喝咖啡，魅苏问："戒咖啡了？"

"呃，也不是，换个口味。"

丽丽凑过来，"有没有发现最近安然的口味特别怪，连最爱吃的鱼也不吃了，还总干呕。"

魅苏点头，"自从上次在食堂吃坏东西后，似乎就不再到食堂吃饭了。"

丽丽说："女人，你是不是有事瞒着我们？"

安然笑得人畜无害，"哪敢啊。"

魅苏伸手摸了摸她的腰,然后对丽丽说:"圆了一圈。"

"胖了?"

"小事精明,大事糊涂啊你,应该是有了吧?"

安然见瞒不住,只好说:"是啊,快三个月了。"

下班后,她俩名正言顺陪安然去医院打安胎针,然后一起在医院附近的麦当劳坐了一会儿。魅苏与丽丽抢着要请客,安然看着她们可爱的背影,扭头看窗外的景色,听见魅苏说:"我是要做干妈的,你跟我抢什么啊?"

丽丽道:"我也是要做干妈的,你干吗要跟我抢?"

魅苏说:"你那么积极自己生去啊,干吗做干妈,又不是没男人。"

安然抚额,这时放在桌上的电话响起来,洛子琰打过来,他问:"公司的人说你很早就走了?"

她回答:"嗯。"

"在哪儿?我现在过来。"略一停顿,"接你回家。"

十分钟后一个英俊挺拔的身影出现在麦当劳门口,他拉开门走进来的时候,丽丽扬手,"妹夫,这里。"

洛子琰走过来,看见安然桌子上的冰镇可乐,眉头轻轻皱了一下,"医生说可以喝冰可乐?"

全场沉默。

安然十分有先见之明,说:"医生说已经过了危险期,胎儿发育很好。"

在魅苏与丽丽的注视下,洛子琰也不好再说什么,坐下来重新点了一杯鲜牛奶与一个鱼柳包。

安然现在吃鱼已经不呕吐了,胎儿正在发育,吃营养的东西是没错的。

外面刚下了一场雨，室内的空调却已经开起来，温度有点儿低，洛子琰把外套脱下来盖在安然的肩上。

魅苏与丽丽对看一眼，迅速低头吃东西，她俩一致认为自己当了个很晃眼的大灯泡，有点儿不好意思。

洛子琰见她们默不作声猛吃东西，说："你们俩赶时间的话可以先走，我送她回家就好了。"

正在喝鲜奶的安然猛咳起来。

洛子琰伸手抚她背，"你没事吧？"

"没事没事。"顿了一下，她说，"其实我们可以顺路送她们回去。"

这话换来魅苏与丽丽感激的目光，不禁同时感叹，安然果然没有重色轻友啊。

回到家已经是晚上九点，洗过澡后安然坐在沙发上看书，洛子琰出来，头发还滴着水，半裸着身体，腰以下围着一条洁白的浴巾。

安然用眼角瞄了一眼，暗忖，他不会没穿内裤吧？心神稍微有点儿乱，书是看不进去了，干脆起身给自己倒了杯水。

洛子琰走过去，从背后环着她，轻嗅她秀发的香味，然后在她耳边说："以后出去别喝那么多可乐。"

安然叹了一口气，"我已经把咖啡戒了。"

"也可以把可乐换成鲜奶。"

"这么一来，连毛孔都会是鲜奶的味道吧？"

他搂着她轻笑，"我喜欢这味道。"

她心一凛，连忙转移话题，"子琰，你喜欢男孩还是女孩？"

他说："只要是你生的，男孩女孩都喜欢。"

他随即轻吻她细嫩光滑的脖子，没多久轻吻变成啃咬，然后安然感到脖子一疼，忍不住轻呼出来："哎，你是属狗的吗？"

伸手摸了摸脖子，不用看脖子估计红了一片，她寻思着明天上班，看来要穿高领衣服了，这六月天穿高领的衣服？洛子琰，你是存心害我的嘛。

吻痕这件事最终还是逃不过公司那帮八卦女生的眼，底下已经传开了，说洛子琰在妻子怀孕的时候兽性大发……

她趁着空档发了个信息给他："你干吗吻这里啊？"

他回："应该吻哪里？"

这回答，她觉得应该给一百分的。

快下班了，安然说："今晚你还加班吗？"

婚后他们几乎很少一起下班，洛子琰为了工作常常要在公司加班，但知道安然怀孕之后，他也减少了加班频率。见她这么问，他便把电脑关上，回复她："不加，你在公司等我，我马上下来。"

上车后，安然说："谢谢师傅，麻烦到人民医院。"

他愕然，"去医院干吗？不是应该回家吗？"

"我还有两针安胎针要打。"安然表示十分淡定。

听她这么说，洛子琰眼神暗了下来，随即心疼起来，"这事你又瞒着我。"

"也不是什么大事，不必公告天下。"

洛子琰无言，心疼地腾出一只手握了握她的手。

随即她感受到他的关怀与安慰，笑了笑，"我都快要当妈妈的人了，打个针算什么！"满脸的轻松不在乎。

其实她不知道，她伪装的坚持一直被他看在眼里，所以他更心疼她。

如果可以，他宁愿他来打这该死的安胎针，他来生孩子，这该死的性别"歧视"。

46

转眼入秋，这里的秋天用萧条都不足以形容，街上的人明显少了许多。安然的肚子一天天大起来，行动十分不方便。

洛子琰本来建议她待在家安胎得了，结果安然在家待了几天之后毅然决定去上班，在家实在太无聊，把家里的书都看了一遍，无所事事的时候甚至追起了某电视剧，然后被电视里的狗血剧情雷到，最终决定还是去上班。上班而已，不是去工地干粗活儿，稳着呢。

中午吃饭的时候，她就当是出去透透气。

秋天的风景其实不错，满地的落叶，风一吹沙沙作响。她走在街上，准备到对面的饺子店吃饺子。最近她的胃口很好，吃饺子的时候还要了一大盘酱香骨，丽丽直说跟着安然总会有肉吃。

吃完午饭回办公室，洛子琰已经在她的位置上，他没有乱翻她的桌子，而是安静地坐在那里。

文质彬彬的男人总是那么与众不同。

见她回来，他站起来，"妈叫我们回家一趟。"

安然看了看自己的肚子，然后漫不经心地问："哪个妈？"

正在喝水的魅苏一听，一口水喷在屏幕上。

洛子琰看了她一眼，又转过头跟安然说："我妈。"

安然嘀咕："就说嘛，我妈的话怎么不跟我说会跟你说。"

洛子琰好脾气地扶着她，"现在就走吧。"

因为安然怀孕的关系，很多急事都到不了她的手，她算是公司里的半个闲人，因为爸爸与公公都是集团老大，所以大家也不会说什么。

安然应了一声，见不少人朝她看来，当机立断拿起包包就走，临走前跟助理说："有事给我打电话。"

"放心去吧，安然姐，有事我也给你扛下来。"

安然朝她竖起一个大拇指。

回到婆婆家的时候，洛子丹也在。看见安然的大肚子，洛子丹表示大吃一惊，然后笑着对洛子琰说："哥，我觉得你真的很棒啊，从小是我学习的对象，长大后又是很多人的榜样，现在大嫂怀孕这么大的肚子，也是你的杰作，厉害厉害。"

洛子琰嘴角含笑，"今天不用上课？"

洛子丹说："妈召集我回来，我哪敢不从！"说完搂着洛妈妈嘟着嘴说："是不是，母后大人？"

洛妈妈笑得眼睛都快看不到了，她连声说是，然后叫佟嫂把炖好的木瓜牛奶拿出来给儿媳，"累了吧？先喝点儿木瓜炖牛奶，补身子的。今天我还叫厨房炖了乌鸡汤，补补。你们两口子平时吃的都比较简单吧，现在你一个人吃两个人的，要吃好点儿。"

其实安然自从怀上之后，包包换了个比较大、比较实用的手提包，包里会放上一些苹果、橘子、牛奶、饼干之类的东西，以防肚子饿，回到家也会吃上热饭热菜。洛子琰还特意买了一个炖锅回来，可以在出门前调好时间，让她回到家就有汤喝。

见婆婆这么热情，安然自然不好推辞。木瓜奶端出来，洛子丹伸手去拿，洛妈妈伸手打她，"那是给你嫂子的。"

洛子丹不服，"妈，我才是你女儿。"

洛子琰开口："又不是没有，大家分着吃啊。"

洛妈妈也分了女儿一碗。

在吃木瓜牛奶的时候，洛子丹小声对安然说："现在你是咱们家头号保护人物，不过很快就不是了。"

"嗯？"安然听不懂她话里的意思。

洛子丹又说："等孩子出来，一切以孩子为中心。"

安然应了一声。

洛子丹又安慰她："不过没关系，我哥还是把你当宝的，我觉得你在我哥心里的地位是不会动摇的。"

周安然感激涕零，"谢谢你！"

洛子丹摆摆手，豪气地说："不客气，大嫂。"

晚饭后他们回家，洛妈妈拉着安然的手，"有空就回来，对了，你自己回来也行，不用等子琰一起的，他忙就由着他忙吧。"

安然嘴甜，"那我就经常回来打扰妈妈咯。"

洛妈妈一笑，"不打扰不打扰，你回来我得多高兴啊。"

安然用力握了一下她的手，"谢谢妈。"

洛妈妈笑道："预产期是什么时候？"

"明年一月。"

"我不放心，要不还是回家住？"按理说安然怀上回来住方便照顾，可她的儿子却十分享受照顾老婆的工作。她私下也问过儿子，洛子琰给她的回答是谁来照顾安然他都不放心。

安然只好说："临产那个月搬回来。"

"当真？"洛妈妈瞪大了眼睛问。

"当真。"

回到家后安然感到精神很好，她让洛子琰先去洗澡，自己喝杯奶缓一下再去。

自从安然的人生大事尘埃落定之后，不再找她的表姐突然出现，她在微信里先给安然发了一段话："君生我未生，我生君已老。"

安然回："？"

表姐说："我完了，喜欢上一个年纪比较大的男人。"

安然说："只是喜欢而已。"

表姐说："他结过婚。"

安然说："现在单身就好。"

表姐说："有两个孩子。"

安然说："喜欢一个人，应该是喜欢他的一切吧。"

表姐说："我有顾忌，他前妻是个比较难缠的人。"

安然说："天涯何处无芳草。"

表姐说："喜欢一个人真的毫无道理啊，虽然知道利弊，也会衡量得失，但仍然会一头栽进去。"

安然说："没头破血流就好。"

表姐说："那他的前妻……"

安然说："如果你相信他，那就相信他会处理好。如果他连前妻的问题都没处理好，那你跟着他图什么？"

表姐说："我就知道跟你聊天茅塞顿开，谢谢你安然，我的小可爱，跟你聊完我的心舒服多了，堵在胸口那股气下去了。"

安然回："那就好，不过，我姨知道吗？"

表姐回："知道什么？"

安然抚额："你爱上一个离异男的事啊。"

表姐强调："只是喜欢，只是喜欢。"

47

怀孕的时候出了不少让洛子琰吓破胆的事。

这天下楼，坐电梯到楼下，也不知道怎么的，安然走的时候脚下一滑，旁边的洛子琰连忙伸手扶住她。

她也被吓了一跳，委屈地说："看不到路。"

"肚子是有点儿大。"不知道的还以为怀的是双胞胎呢。

小心扶着洛子琰的手，一步一步地往前走，像太后出巡一样。

洛子琰心情十分复杂，希望陪她一起上班下班，又担心她受不了，最后他说："还是到妈那边住着吧，你不要上班了。"

"好。"安然一向乖巧，答应得十分爽快。

"今天开始吧。"

"你一直都这么专制吗？"

"我担心你。"他终于说出这话。

是的，无论多忙，他都在工作时间内将工作完成，从不加班，哪怕加班，最多是把工作拿回家做，他要在她身边时刻照顾她。

但今天例外，因为随着胎儿的月份越大，她行动越笨重，是时候回家安胎了。他不允许她出任何意外，哪怕是千分之一也不允许。

在送她回大宅的路上，他说："到了那边有什么事记得给我打电话，我下了班就去看你。"

"嗯。"

"记得按时喝牛奶，吃叶酸，我不在，你要调好闹铃。"

"好。"

"最近天气变了，记得增减衣服。"

安然心想，我长这么大难道不知道什么时候穿衣服，什么时候脱衣服吗？但她说："洛先生，有没有发现最近你变得啰唆了？"

洛子琰握着方向盘，"是吗？难道是年纪大了的缘故？"

看着窗外细雨纷飞，安然也觉得这时间过得太快了。有人说快乐的时光总是容易流逝，也许这几年自己过得太愉悦了，不过话又说回来，这种天确实适合躺在家里睡大觉啊。

肚子里的孩子毫无预兆地动了一下，然后她感到肚皮一紧，接着本来圆圆的肚子鼓起一个包来，她叫了一声："啊！"

洛子琰一个急刹车，"怎么了？"

"他踢我。"

平时也有胎动，可动得这么厉害还是第一次，接着又一个小包鼓了起来，安然伸出手轻轻按了一下那个包，他又缩回去。这感觉实在太奇妙。

洛子琰把车停在路边，伸手感觉安然的肚子，果然，不一会儿小家伙又弄了一个小包，他突然笑了，这就是生命的力量。他感到心里某个地方被触动了，柔柔的，他的父爱被唤醒，然后感到眼眶有点湿润。

过了好一会儿，他才重新发动车子朝大宅开去。

对于安然提前到大宅住，洛妈妈当然是最开心的，连忙叫人布置房间，重新换上床单被子，并派人买了新鲜的百合、玫瑰、满天星回来。

她说："百合花安神，我怀子琰的时候睡不着，房里放上百合就会睡得很好。"

"谢谢妈！"安然说。

洛妈妈笑了，"一家人说这些话。"顿了顿她又说，"想吃什么跟我说，我去安排。"

"好。"她仍然乖巧地道。

洛妈妈看着胖了一圈的安然，心满意足，她知道很多女人怀孕了还在节食减肥，完全不顾胎儿的发育，而自己的儿媳妇并没有这概念，真是前世修来的福气，让她拥有这么令人满意的儿媳妇。

洛子琰临走前叮嘱："走楼梯小心点儿，没什么事就别出去，出去也得让妈陪着。"

待他走后，洛妈妈才说："我这儿子从来没有像现在这么紧张过，还好你也听他的。"

安然只是笑着，不过她这么一折腾也有点儿累了，刚想说休息一下，洛妈妈已经先她一步说："你先休息，饭好了我叫你。"

安然觉得自己的婆婆真体贴啊！平时在办公室里没少听婆

婆刁难儿媳的故事，看来她运气还真不是一般好，有一个这么棒的老公，还有一个这么好的婆婆，她真的深深地感到自己好幸福。

还没到开饭时间，洛子琰先打电话给母亲，问了一下安然在老宅的情况，知道她仍然在休息，便说："让她睡吧，不要打扰她。"

洛妈妈说："可饭总是要吃的。"

他沉吟，然后说："半个小时候还没起床再去叫她吧。"

"会不会太宠她了？"

"她是我老婆。"

洛妈妈感慨："果然有了媳妇忘了娘啊。"

"你是我老妈。"

48

这一觉睡得有点儿不愿意醒来，因为做的梦太美好了，安然梦到自己回到小时候，父母还没离婚，一家三口在风和日丽的草地上放风筝，母亲蹲下来张开双臂，喊她："安然，安然，过来，妈妈抱抱。"她朝妈妈小跑着飞奔过去……

这时，放在床头的电话响了，她睁开双眼，看着这个熟悉又陌生的地方，窗外已经黑了下来，橘黄色的街灯映进房里，给昏暗的房间一点儿温暖的感觉。

电话一直在响，是表姐，她说："在干吗？为什么那么久才接电话？"

不是质问，是关心。

安然回答："在大宅。"她有点儿懊恼表姐此时此刻打来电话，如果不是这个电话打断她的梦，她应该已经在母亲的怀里撒娇了吧。

表姐："噢，这年代怀孕了还回去伺候公婆，你算是第一人。"

安然叹了一口气，"我是回来让他们伺候我的。"她顿了顿，反问："你，有事？"

表姐清了清喉咙，"突然不知道从何说起。"

"你没事我就挂了，我婆婆喊我下楼吃饭。"

表姐说："别，那个，我就说了吧，最近我跟一个海外留学回来的大学生谈恋爱，对方见多识广，不介意姐弟恋。"

安然略一皱眉，"如果我没记错，上次你跟我说的是一个离婚男带着孩子。"

表姐说："那个早就分了，他那个孩子，生怕他爸结婚就不要她，他又把孩子排在第一，没意思。你说我好端端的一个人，干吗要低声下气地讨好他过日子？我又不是没男人不行。"

安然问："那这个留学回来的大学生，你打算结婚？"

"嗯。"

得到肯定回答后，安然问："那他除了见多识广外，还有没有别的长处？"

表姐说："功夫了得算不算？"

安然无语。

表姐说："你都是快当妈的人了，怎么还这么放不开？"

这时洛妈妈真的来敲门了，"安然，安然，起来吃饭啦。"

安然捂着电话回答："来了。"

然后她对电话那头的表姐说:"先不说了,我婆婆真喊我吃饭了。"

"那刚刚是没喊你的?"

安然无语。

"你就没两句叮嘱我的?"

安然想了想,"稳住,矜持点,别表现得太喜欢对方。"

"你就是这样把妹夫吃得死死的?"

挂了电话,打开房门走出去,婆婆已经在外面候着了,见她出来,连忙给她披上一件外套,"楼下风大。"

"谢谢妈。"

"客气啥?"洛妈妈宽厚地笑着,"子琰已经在回来的路上了。"

坐下来后,看见餐桌上摆满了菜,有她爱喝的乌鸡炖人参,还有冰淇淋,她渴望很久了,洛子琰以冰凉为由不给她吃。看到这个,她的口水都快流出来了。

洛妈妈把冰淇淋拿到她面前,"吃。"

她的目光从冰淇淋移到婆婆脸上,询问着:"真的可以吗?"

洛妈妈微笑,"我怀子琰的时候想吃什么就吃什么,什么西瓜、冰淇淋,还有甘蔗水等等,哪有那么多讲究!胎儿都那么大了,不能亏了孩子他娘。"

安然连忙低头挖了一大勺放进嘴里,那表情简直就像久旱之人遇到水一样,满意得不得了。

很快她就把一碗冰淇淋吃完,把碗收回厨房不久,洛子琰进门。

安然像个做错事的孩子一样不敢看他,很快他便发现,坐在她身边的时候，他问："干了坏事？"

安然猛一颤，看着他的眼神明显在说："你怎么知道？"

洛子琰抿着嘴笑了一下，然后又严肃起来，"说吧，坦白从宽。"

安然唯唯诺诺，"我偷吃了冰淇淋。"

洛子琰松了一口气，还以为是什么大事，但他妈妈不干了，"冰淇淋是我给她吃的。"

洛子琰回头，哀怨地看着他母亲，"妈……"

"媳妇想吃，你还能不给？"

"不是为了她身子着想吗？"

洛妈妈摆手，"没那么娇气，我怀你的时候就没那么讲究。"

洛子琰败退，但还是忍不住嘀咕："那是我爸太宠你了。"

洛妈妈听不清楚，问："你说什么？"

周安然见母子俩为此事快要打起来，连忙说："都是我不好。"

洛子琰叹了一口气，"我是关心你。"

安然想了一下，然后搂着他的脖子，当着公公、婆婆的面以迅雷不及掩耳的速度吻了他的嘴，"这样可以了吗？"随即脸红，垂下脸。

公公、婆婆对视一眼，电光火石间瞬间明白年轻人那套自我和解的方式，嗯，原来现在年轻人流行这种比较直接的方式沟通啊！

第一天在大宅住得十分融洽，气氛很好。

表姐后来发信息说："我跟男朋友还没买票已上车，并开始沉迷男色，欲罢不能。"

安然说："祝你好运。"

49

生孩子这种事真是毫无预兆啊！中午还陪婆婆去了趟超市，回来吃晚饭的时候肚子已经有一点点微痛，安然寻思是不是中午偷吃冰淇淋引起肚子不适，也没多理会。到了晚上，都睡下了，她又爬起来，腹中一阵绞痛，她还以为是肚子不舒服，要拉肚子。结果方便完了之后她大吃一惊，忍不住惊叫起来。

洗手间突然传出惊叫声，把洛子琰也吓了一跳，他连鞋子都没穿便跑到洗手间门口问："怎么了？"

"血。"随即又一阵绞痛，把她的尾音都消掉了。

门打开，只见她站在洗手间地板上，双腿两侧已流下两道血迹。

洛子琰一惊，抱起她就往楼下跑，边跑边喊："爸、妈，我送她去医院，你们收拾一下东西就来，估计是要生了。"

人命关天，一路上他闯了两个红灯。到医院的时候，医生说孩子缺氧，要立即手术，很快安然便被推进手术室。

洛子琰不由自主地跟了上去，助产士挡着他，"先生在外面等候。"

他只好退出去，坐也不是，站也不是，总之不知道干什么好，就这样来回踱着步，心中默念：母子平安，母子平安。

焦虑在他脸上呈现无遗，待他父母赶来的时候，他已经口干舌燥，额角冒出细密的汗珠。

洛妈妈递给他一张纸巾，轻声问："怎么样？"

他接过妈妈递过来的纸巾擦了擦额上的汗,无奈地道:"还在里面,医生说送院及时,但孩子在里面缺氧,妈,怎么办?"

妈妈安慰他:"没事的,现在医学那么发达,医生既然说送院及时,就会没事。"

他不确定地问一句:"真的吗?"

"真的。"其实洛母心中也忐忑,可是这个时候她不能乱了儿子的心神。

这时洛爸爸递过来一个电话,正是他走得太急留下来的,他接过握在手里,因为太用力,手指关节都发白。

时间一分一秒地过去,洛子琰从来没觉得时间过得那么慢,他的心因手术室的灯而紧张。

似乎等了一个世纪那么久,手术室的灯终于灭了,洛子琰连忙跨步向前,穿着无菌服的医生走了出来,他摘下口罩,"谁是周安然的家医?"

洛子琰说:"我是她老公。"

"恭喜你,母子平安!"

洛子琰这时才感到眼角湿湿的,他激动地伸手握着医生的手,诚恳地说:"辛苦了,太感谢你。"

医生回他一个笑容,"第一次当爸爸?"

洛子琰感到汗颜,老实回答:"是。"

医生拍了拍他的肩膀,"以后慢慢就会习惯了。"

这话说得轻描淡写,可是洛子琰知道自己再也不想经历一次徘徊生死边缘的感觉,甚至在十分钟以前他想,如果安然有什么事,他也不活了。孩子嘛,有一个就很好了。

以前在朋友圈看过一篇文章,说女人生孩子就是从鬼门关转一圈出来,他再也不想经历一次这种无能为力的感觉,他害怕失去她。

周安然跟孩子同时被推出来,他首先去看安然,见她闭着眼睛安静地躺在那里,护士解释:"麻药还没过,产妇现在很虚弱,需要休息。"

他俯身轻吻她脸颊,轻声说:"辛苦了。"

再去看孩子,那小子也在睡觉,长长的眼睫毛,小脸精致,小嘴紧闭,好一个可爱的孩子,洛子琰忍不住伸手轻轻碰了碰他的鼻子,没想到他不乐意了,张开没牙齿的嘴就哭起来。

他一愣,这时洛妈妈已经走上前,轻打儿子,"你干吗,小孩子刚出生不许乱碰,再说,你手没洗有很多细菌。"

他尴尬地挠了挠头,"我不知道他这么敏感。"

这时安然呻吟一声,醒了,洛子琰连忙凑过去,"怎样?"

她笑了笑,"是男孩还是女孩?"

他回答:"男孩,长得秀气,随你。"

她还是笑,"这么小怎么看得出来?"

"看得出来,那鼻子跟嘴巴像一个模子印出来的,我抱给你看看。"

她连忙说:"急什么,往后的日子还长着呢。"

他才发现自己又心急了。这一连串的失误真的很不像他,但他开心,他乐意,他在这里只是她的丈夫,孩子的父母,不必谈形象。

她说:"好累。"

"那先休息,想吃什么跟我说,我叫阿姨准备。"

其实家里的阿姨知道她生孩子,已经在准备催乳汤,也准备了一些滋补的中药汤,以便她补身子。

这一觉似乎比任何时候都睡得久,那是当然,大晚上折腾到第二天中午才能安静地好好睡觉，一闭眼就不管白天黑夜了。

再次醒来的时候已经是第二天中午，医院里来往的脚步声以及刻意压低的说话声，让安然感到安心。她看了看不远处的小床，便挣扎着坐起来，伤口的麻药已过，这时才感到疼痛。

坐在一旁的洛子琰见她醒了，排过气后，连忙倒一杯水递给她，待她喝了两口之后，又把医生开的消炎药、补血药递给她，"吃点儿药，医生说做了手术，你身体还在恢复中，需要吃点儿。"

她轻蹙眉头，"可以不吃吗？"

他想了想，"不吃也行，那就换成打吊针吧。"

"你……"本想着自己是病人，撒个娇怎么了，没想到对方早已想好对策，她只好乖乖接过药丸，就着温开水喝了下去，然后压着声音说："苦。"

"我这儿有糖。"他真的从外套口袋掏出一颗糖，亲自喂给她吃。

这时孩子突然哭了起来，安然推了推他，"去看看，是不是拉了？"

"刚出来都没吃什么东西，哪有东西拉，估计是饿了，我冲点儿奶粉喂喂他吧。"说完起身去冲奶粉。

洛老大还会冲奶粉？安然看着他忙碌的身影突然有点儿过意不去，她喃喃地开口："其实，我应该可以代劳。"

"嗯？"洛子琰回头看她。

她十分肯定，"我应该有奶。"说完她不敢看他。

他抿嘴一笑，真的抱起孩子往她怀里放，"那就交给娘子了。"

"你去把门关上。"

"是，老婆大人。"

50

魅苏与丽丽一起去看周安然,到医院的时候看见安然在睡觉,而洛子琰则抱着宝宝在喂奶。他朝她们俩点了一下头,伸出手指放在嘴边做了一个安静的手势。

她们蹑手蹑脚地走到床边,只见安然闭着双眼躺在床上,长长的眼睫毛,肤色雪白,樱桃似的嘴唇微微张开,散发出诱人的魅力。

魅苏伸出一根手指探向她的鼻子,丽丽轻问:"你干吗?"

"看她是不是挂了。"

丽丽连忙捂住嘴,在她耳边轻道:"作死,你是要妹夫轰你出去吗?"

魅苏挣脱她捂住的嘴,"我也是关心她。"

"咱们去看宝宝吧。"

逗了一会儿小孩,她们俩的目光不由自主地往各种食物上瞄,有新鲜的水果篮,有饼干、糖果等。

洛子琰何等聪明的人,他抱着小宝悠悠地说:"想吃就吃吧,不必客气。"

得到邀请,魅苏与丽丽像孩子一样大吃起来,边吃边说:"这个不错,你尝一口,这橘子甜,真的,你试试。"

直到传来安然的声音,"你们来了。"

吃了一半的她们才停下来,异口同声地说:"你醒了?"

安然点点头，看到她们一点儿都没变的样子，她笑了，她说："反正我也吃不完，待会儿你们走的时候带点回去。"

光柚子就有五六个，还不算各种橙子、橘子、苹果等水果，差点儿就堆满房间，反正自己也吃不完，加上婆婆他们也吃不完，水果这种东西放着也会坏，不如分给她们。

洛子琰听她这么说，只是抿着嘴不说话。

魅苏有点儿担忧，"我们带回去，妹夫不会说我们贪心吧。"

安然坐起来，丽丽递给她一个剥好的橘子，她吃了一瓣儿，才慢悠悠地说："他也吃不完。"

"安然，你生了儿子，是不是母凭子贵？"丽丽朝她挤了挤眼。

当初安然跟洛子琰谈恋爱的时候大家都觉得安然高攀了，事实证明，他们才是门当户对、郎才女貌的一对。

洛子琰听见丽丽这么说，便来解围，"安然在我心目中永远第一。"

安然羞得垂下头去，剩下那两个，一个十分羡慕，一个惊讶不已。

一时间空气里都飘荡着甜蜜的气味，夹杂着房间里各种花香，更让人心神荡漾。

过了一会儿，丽丽打破沉默，"生孩子很痛吧？"

魅苏在一旁朝她狂使眼色，她假装看不见。

安然瞥了洛子琰一眼，生死关头，他惊慌的神色被她看在眼里，估计这辈子他都没有这么害怕过。她在仅存的意识里感觉到他的惊慌，但现在她不想过多提起。

于是她轻咳了两声，魅苏懂事地拿杯子倒了点儿温水给她，"顺口气。"

丽丽知道她不想说，但她还是幽幽地叹了一口气。

大家都以为她只是感慨做女人不容易，结果却听见她说："我也有了。"

魅苏与安然对视一眼，表面镇静，内心却掀起波澜，虽然说这年代先上车后买票的人不少，未婚生子也很多，可丽丽曾经说过婚后再考虑生孩子的事，并且一定要一个完美的婚礼，完美的婚礼着重在这个"美"字上，比如穿婚纱要很漂亮，完美身材穿出来的婚纱才能达到她的要求。她甚至想过在婚礼前半个月去健身，务求以最佳状态出现在自己的婚礼上，让所有宾客都感叹一朵鲜花插在牛粪上，在日后回忆起来甜蜜如初，让牛粪，哦，不对，是老公好好珍惜她这朵鲜花。

如今有了？

安然问："你是打算生了再办婚礼，还是不办婚礼？"

丽丽咬了咬唇，"不办了吧，孩子都出来了，再办有啥意思。"

魅苏鼓励她，"很多人都这样，一家三口出席，这又不是什么新鲜事。"

丽丽沉默了一下，最终还是说："主要还是没钱吧，一想到生个孩子要花那么多钱，顿时连活下去的勇气都没有了。"

安然说："以后孩子出生了，奶粉钱、纸尿片我赞助。"

洛子琰又回了一句："我赞成。"

魅苏不甘落后，"算我一份，孩子的教育基金我出一半。"

安然淡定地道："你的还是留给自己做嫁妆吧。"

洛某人正喝着水，差点儿一口水喷了出来。

魅苏张口结舌地看着她，半个字都说不出来。

丽丽也附和："就是，如果连孩子都养不起，我生他下来干什么，还不如干脆不要算了。"

"别。"魅苏与安然异口同声地说。

其实她也就随口一说,说到底她跟曾伟也是有感情之后才情不自禁的,所以这个孩子她不可能不要。

51

在医院的日子本来就很无聊,伤口没恢复,下床活动的时间很短,周安然除了吃不在床上,其余时间几乎都在床上,一天到晚昏昏沉沉的,表姐来的时候她还睡着。

表姐俯身,看她睡得那么沉不忍心叫醒她,便抱着孩子玩儿,一转身,看见安然已经醒了,表姐张大嘴巴惊叫:"你吓死我,说醒就醒。"

安然轻笑,"你也吓死我,说来就来。"随即坐起来,却没看见洛子琰的身影。

表姐淡定地把孩子放回小床,说:"不用找了,妹夫见我来了便把你跟孩子暂时交给我,他回公司一趟,听说有事要他签字。"

安然点点头,"忙工作是应该的。"

"那当然,男人没工作,拿什么养老婆跟孩子?"

安然看了看她,"你那小男朋友没来?"

表姐说:"他忙,待会儿下班说要过来接我,我说算了,下班高峰期就别过来添堵。"

表姐看了看刚出生没多久的小孩,"你们家的孩子长得真漂亮,像爸爸。你说我要不要等小正太长大,咱们来个亲上加亲？"

安然正喝着水，没忍住一口喷了出来，"说这话就不怕天打雷劈吗？"

"不行就不行，干吗要咒我被劈。"

安然起来抱着小孩，哄孩子睡了，然后再问："说回你，你是真的打算跟那小鲜肉在一起了？"

"总不能跟大叔吧！有老婆有女朋友的不在考虑范围之内，一大半男性失去竞争力，剩下的都是别人挑剩的、离异或丧偶的，我只能把目光放远点儿，小鲜肉不挺好的嘛，我都一大把年纪了，享受享受被追捧的感觉也是很应该啊，况且他给了我爱情的感觉。我觉得人生苦短，及时行乐真的很重要呢。"

安然提醒她："不要被骗就好。"

"喂，你就不能说点儿好听的？"

"我这是在关心你。"

"我知道，你是想我好嘛，放心好啦，我能有什么被他骗的？在一起开心就好啦，倒贴这种事我又不会干。"

表姐在青春期喜欢上一个男孩，男孩不喜欢她。为了接近男孩，她花了很多时间精力。为了跟他一起上课，不惜坐两个小时的公交车。学费很贵，她帮他出，结果第一堂课她就睡了过去，下课的时候男孩跟她说："你都不喜欢，明天跟老师说退学吧。"

她为此哭了整整一个星期。自此，哪怕遇到再喜欢的男人，表姐宁愿牺牲肉体也不再牺牲金钱。

此时此刻，她看着安然怀里的宝宝一脸慈祥。安然淡定地说："想都别想，违法的。"

表姐悠悠地叹了一口气，"天要灭我。"

"自己生一个去。"

洛子琰回来，表姐正襟危坐，微微一笑，"安然啊，做了妈妈就不要那么由着自己性子了，孩子还是要自己带才亲，当然，你要上班做自己的事业没问题，但晚上就让孩子跟你睡，别孩子长大了不认你。"

"这……"

表姐又认真地对洛子琰说："妹夫，我们家安然各方面都很出色，只是有时候也会耍点儿小孩子脾气，你大人有大量，多担待点，孩子你也多照顾点儿，还有，安然坐月子就有劳妹夫，辛苦你了。"

洛子琰点点头，"表姐说的这些我都记住了，不辛苦。"

表姐嘴角含笑，"那就好。"

待洛子琰走开去接电话的时候，表姐一改正经作风，做兔斯基扑腾状，"你老公好厉害啊，居然没被我吓到。话说你儿子长得像他，那嘴唇，那双眼皮，还有那皮肤。"

安然暗中翻了个白眼儿，原来她都是装的，忍不住撇嘴，"能耐的，皮肤也能看得出来？"

表姐这时对她眨眨眼，"妹夫功夫怎么样？"

安然不自觉地舔了舔唇。

这动作被刚进来的洛子琰看见，他关切地问："饿了？"

表姐邪恶地笑了笑，然后站起来，想了想又俯身旁若无人地亲了亲安然怀里的小宝贝脸颊，"我先走了，宝贝，下次表姨再来看你。"

安然心想，还是别了吧。

洛子琰要送她回去，她回头一笑，"不用麻烦妹夫了，很近，几站地铁就到了，你还是快回去吧，安然她饿了。"

安然差点儿把床上的枕头扔过去。

"那行，路上小心。"洛子琰道。

终于，房间恢复了宁静，二人世界，哦不，是三人世界。安然想了想，假装不经意地说："我想回家。"

洛子琰正削着苹果，听她这么一说，手顿了顿，接着把削好的苹果递给她，"我去问问医生，看能不能出院。"

安然期盼着，"我觉得自己身体恢复得差不多了。"

他笑了笑，伸出手抱了抱她，靠过来亲了一下她的脸，"等我回来！"

52

周安然出月子后，带着宝宝回娘家住了几天。

这日洛子琰有应酬，国外的几个同学回国，找他聚一下。酒吧内，昏暗的灯光，幽静的环境，轻柔的音乐，适合三五知己喝点儿小酒谈心。

洛子琰下了班过来，穿着深色大衣，冷着一张脸走进去，谁都不知道他刚给老婆打了电话，温柔如水，如今又换上另一种近乎冷漠的表情。

他才刚推门进去，便已吸引了场内很多女人的目光，这其中就有安然的表姐，只见她眯了眯眼，以为自己看错了。

不过她也没立刻向安然打报告，在江湖上混了那么久，这点儿耐心还是有的，先看看洛子琰来是干吗的，再去报也不迟。

他找到朋友坐下来，掏出手机放在桌子上，斜靠在吧椅上。

曾伟也在场，他问："不用回去陪大嫂？"

洛子琰笑了笑，没正面回答。

对方见他这样也不追问，反正都已经惯了。另一个比较洋气的男人盯着他看了一会儿，缓缓地开口："结了婚还这么自由吗？"

洛子琰拿起旁边的酒杯喝了一口才说："偶尔。"

"真羡慕你，娶到自己爱的人，又生了儿子，事业有成，一切都胸有成竹，人生赢家。"

曾伟打圆场，"哥们儿就不说这些了，我说洛老大，喊你出来我发现是个错，你一出现，我们几乎就没有认识女人的机会了。"

洛子琰看了看表，站起来，"现在走还来得及吧？"

那个洋气的男人说："别着急。"指着那个穿着黑色深V连衣裙的女人对他说："看上你了。"

"别说我有主，就算现在我单身也不会这么随便。"洛子琰已经说得很委婉了。

"洛子琰对女人很挑剔的。"曾伟说。

洋气的男人说："这也看不上？"

"不是他喜欢的类型，你是没看过大嫂，那才是清丽脱俗的一个人。"

洋气的男人又说："我看过照片，很一般。"

曾伟摇头，"看人不能看表面，你叫现在的女人卸了妆再看看。"

已经走出一米远的洛子琰嘴角含笑，周安然不算美人，却是那种越看越好看的女人，可以说是耐看型，有些女人乍看很漂亮，却越看越扣分。

那深V女人与他擦肩而过，他连正眼都没看她。

她一屁股坐在他刚刚坐过的椅子上，问："他是你们的朋友？"

曾伟与洋人男子面面相觑。

这边表姐才拿起电话打给周安然，开口便是："哇，你家男人帅呆了。"

安然一边抱着孩子，一边说："我知道。"

"你不知道，我刚刚看见他一身正气走出酒吧，连正眼都没看那些妞一眼。"

安然扑哧一声笑了起来，"很洛子琰。"

"你是怎么找到这么秀色可餐又不偷吃的男人的？"

"你应该问问他是怎么找到我这么温柔体贴，又会生孩子的女人的。"

"切，生孩子哪个女人不会！"

安然又笑出声。

洛子琰接安然的时候，安然看他高深莫测地笑了。

他问："今天我样子变了？"

安然摇摇头，最后没忍住，她说："表姐说前天晚上看到你去酒吧了。"

"哦。"

"你没话跟我说吗？"

"我又没做什么，有什么事值得一提。"

安然伸手揉了揉他的头，"表姐说你好乖哦，不到十点就回去了。"

洛子琰一愣，随即笑了出来，心里却想，独特如安然也逃不过普通女人的通病吗？

其实他知道，夫妻之道建立在"信任"两个字上，如果不相信对方，事事怀疑纠结，这日子还要不要过了？

作为男人，不做引起别人怀疑的事很重要。他洛子琰不是没有女人爱，而是他已经有了她，再也不需要别的女人，所以，在很多场合里，他会刻意跟异性保持距离，这也是一种绅士风度，包括合影。他的手从不乱放，也拒绝别的女人把手放在他肩上或身体其他部位。一旦过分亲密，他会生出厌恶感，哪怕没做什么，也不能给别人一种假象，好像来者不拒。心中有一人，身只属一人。男人女人都一样，一旦轻浮便会掉价，人贵自重啊。

53

去接安然的时候，安然的继母出来送她，叮嘱："经常回来，爸爸这两年身体不好，盼着能见到你。"

安然抱着孩子，礼貌地说："嗯。"没有说下一次什么时候回来。

上了车，洛子琰发动车子。车子开出去一段，从后镜看见继母仍然在路边招手，目送他们远去。

他说："还是不知道怎么跟她沟通？"

她看向窗外默然。

洛子琰说："不沟通就不沟通，不用放在心上，千万别跟自己过不去。"

周安然幽幽地说:"什么时候成妇女之友了?"

洛子琰笑着说:"还会开玩笑就是没事啦。"

她问:"这几天你过得很爽吧。"

"你是忘了每天等你上线视频的我是怎么熬过来的。"

是啊,自从有了孩子,周安然拿手机的机会就少了,偶尔拿起手机,总会看见洛子琰给她的留言:

"在干吗?""孩子有哭闹吗?""想你了,什么时候回家?""你不会在娘家一直住下去吧?"

她看见信息回他的时候,他秒回,并直接说:"视频。"

她想说不要的时候,视频已经过来了,没办法,只好接。他们已经好几天没见了,安然发现他好像有点儿瘦,是因为思念吗?

洛子琰说:"什么时候回来?"

周安然说:"我想想。"

"别想了,就明天吧,明天我来接你。"

她感叹,上辈子是拯救了银河系吧,要不然怎么会有这段艳遇呢?洛子琰,上辈子你欠了我什么,要这么迫不及待地来还?

安然说:"早点儿休息吧,明天还要上班呢。"

"是,夫人。"

很久之后她才明白,一个人喜欢你是不会让你等太久的,他会主动出击,围绕在你身边,给你安全感,让你开心,并在物质上满足你。

她不需要拿任何东西跟他交换,他就会将他拥有的一切双手奉上。

下了班,他就准时过来接她。天还下着毛毛雨,车子在路上奔驰,他双手紧握方向盘,手指修长白皙,神情专注看着前方,周安然一时失神,好看的皮囊包裹着虔诚的灵魂,说的大概就是他吧。

这时电话炸响,是魅苏打来的,她说:"安然,你在哪儿?"

"怎么了?"魅苏的声音听起来很痛苦的样子。

"我在人民医院,你有空来一趟吗?"

安然拿着电话看着洛子琰,洛子琰问:"谁,什么事?"

"魅苏,好像快要生的样子。"安然想把电话递给他,一想他还在开车,便又问电话那头,"你到底怎么回事?"

"拉到虚脱,撑不下去打了120,但丽丽回老家了,我在这里没朋友,只好打给你。"

安然说:"你等着,我现在过来。"

挂了电话,洛子琰问怎么回事。明白事情真相后,洛子琰把车停靠在路边,打了一个电话,把魅苏的电话号码给对方发过去,安排好一切之后说:"你放心,我同学在澳洲读的是医生,估计能帮得上她。"

安然咽了一下口水,"她在医院,也许真的需要我。"

洛子琰安慰她:"不用担心,肠胃炎很普通,不是什么大问题,过了今晚就好了。"他没有正面回答她的问题。

她只好问:"你安排了谁去看她?"千万不要是助理之类的,魅苏会以为自己不把她当一回事。

洛子琰淡然一笑,说:"放心,她准会满意的。"

果然,一晚上魅苏都没找她。第二天一早,安然主动打电话问她怎样了,虽然她还病着,但听得出她挺开心的,她说:"他给我买早餐去了。"言语中说不出的暧昧。

安然一惊,"你们在医院……"

"想什么呢,我们只是朋友。谢谢你啊,安然,安排这么好的人过来，你是我的红娘。"

安然还想说什么。

魅苏压低声音说："他回来了，我先不跟你讲了。"

安然挂了电话，朝洛子琰笑了笑，洛子琰突然感到心一紧，"老婆，你这么笑我会害怕的。"

安然继续笑，"你那是什么同学，结婚了吗？家里几个兄弟姐妹？父母健在？"

洛子琰抚额，"你让我回答哪个问题？"

"照实回答。"

"大学同学，从澳洲留学回来的，未婚，独子，父母健在。"

安然点点头，继续问："做什么工作？在市内可有车有房？"

洛子琰回答："自己在市中心开了家心理治疗中心，其实他也是一名出色的外科医生，有车有房。"

再见魅苏的时候，看到洛子琰的留学同学开着一辆最新款的雷克萨斯载着魅苏。双方见面，两个男人心照不宣地点头微笑，两个女人则暗中点了点头，没有往日的嬉皮笑脸，一脸认真的样子。

席间，魅苏抽空跟安然说："谢谢你，安然，我很满意。"

安然点头，"你谢错人了，我不认识他，是你妹夫自作主张，歪打成招。"

"我就说你没这能耐。"魅苏直言。

最后魅苏比丽丽更早办婚礼，丽丽得知这消息后哀号："有钱就可以为所欲为啊。"

她这话真的很中肯，毕竟魅苏的婚礼是在瑞士举行的，双方亲友列队出席，安然抱着小宝贝也飞过去参加好友的婚礼，一家三口出现在魅苏的婚礼上。

54

把孩子哄睡着，回头看见洛子琰在书桌上趴了下来，安然走过去把台灯关了，正想着是喊他回房间睡还是拿件外套给他披上，他却醒了。

他揉了揉眼睛，迷迷糊糊地问："几点了？"

安然温柔地说："十二点了，回房间睡吧。"

"孩子睡了？"

"早睡了。"

洛子琰拉着她的手放到唇边，轻吻了下，"辛苦你了，又带孩子又要上班。"

"你都不累，我累什么。再说，孩子不是有保姆带嘛，我这个当妈的就下班回来抱抱亲亲，我都担心他长大了喊保姆妈妈了。"

"胡说，保姆是保姆，妈妈是妈妈，他敢乱来，我就揍他。"

安然依然温柔地说："你敢。"

洛子琰换了一副嘴脸，把头埋在安然怀里，"不敢，我就说说。"

"马上老二就出来了，当初你可说过只生一个的。"

"意外，给小锋做个伴也好，两个孩子相差不大，可以成为好兄弟。"

"谁说是儿子，如果是女儿呢？"

"那就兄妹，其实都一样，都是我的孩子，我都疼。"

拉他起来洗澡，听到浴室内哗啦啦的水声，安然陷入沉思,如果不是在魅苏的婚姻上喝多了,她也不会不做措施,太得意忘形,不过怀都怀了,只能安心生下来。

洛子琰洗完澡,吹干头发,只围了一条浴巾出来。安然瞄了眼他的好身材,调戏他:"这样是想勾引谁呢?"

洛子琰坐上来,床不动声色地沉了一下,然后他的手臂围了上来,他问:"色诱对你还有用吗?"

"那要看是谁了。"

他伸手轻刮她的鼻子,"调皮。"

她喜欢他的怀抱,带着香皂独特的芬芳。她一度好奇为啥他还在用香皂,他说:"还记得小时候吗?我们两家是邻居,我们都用同一款香皂。"

安然的思绪飘得好远好远,她想起那个总是护着她的子琰哥哥,那个陪她一起爬树,一起离家出走,一起吃面包喝牛奶的子琰哥哥。他们一起长大,一起上学。她坐在他自行车后面,一路阳光,一路微风,阳光从树缝中照下来,地上斑斑点点,一切美得像童话一样。

谁也没想到童话里的故事是真的,失去联系多年后,洛子琰回来了,他重新找到她,小心翼翼地走进她的心里,兑现了小时候给过她的承诺,一生一世守护着她。她拥着他,心满意足地叹了一口气。

幸福大概就是在芸芸众生中,找到你爱的那个人,让他也爱你,彼此拥有,并珍惜对方,知道对方不会放手,自己也不会放手,竭尽全力为对方着想并付出,然后组建一个新的家,生一个或两个可爱的宝宝,这便是此生最完美的幸福。

外面下着雪,可室内一片温馨祥和,安然抱着他睡着了,他轻轻吻了一下她的脸颊,心满意足地睡了。